私の好きな孤独

長田 弘

JN066762

潮文庫

『私の好きな孤独』目次

II

III

本書は一九九九年六月に小社より初版単行本が刊行され、
二〇一三年五月に同じく小社より新装版が刊行された
単行本『私の好きな孤独』を文庫化したものです。

装丁・本文デザイン
金田一亜弥
装画・イラスト
本山賢司
編集協力
水野拓央（パラレルヴィジョン）

私の好きな孤独

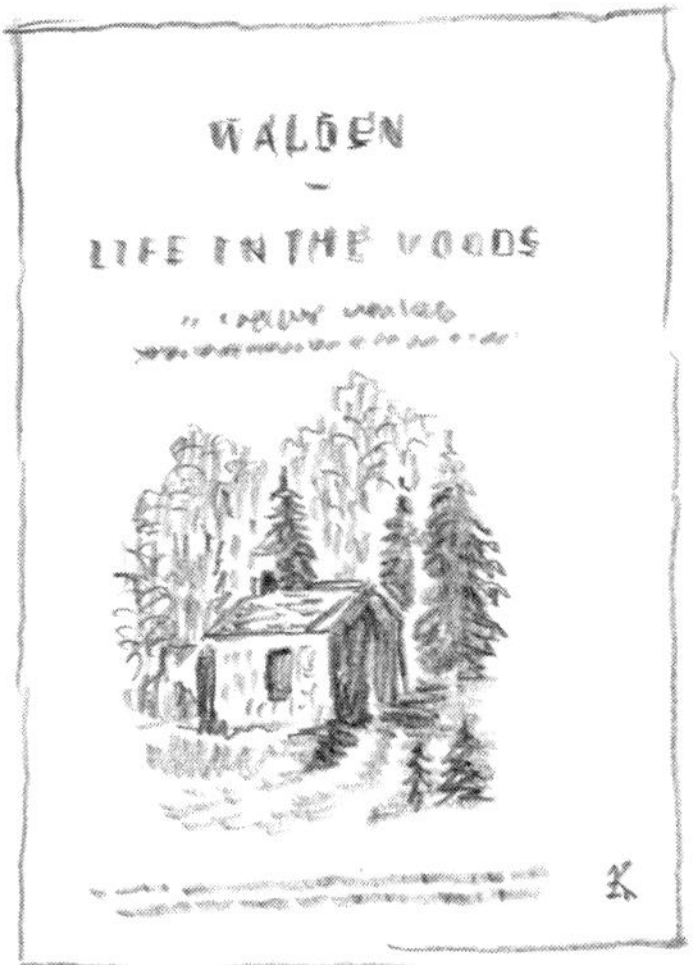

言葉の樹

心の余白に、思いだすままに、いくつかの言葉を書く。ふっとその言葉を書いてみたくなって書く言葉。「樹」という言葉は、わたしにはそんな一つの言葉だ。

ただ「樹」と書く。それだけだ。そう書いて、その言葉を見ている。すると、目のなかでゆっくり「樹」という言葉が解け、字面が溶けてゆく。水のように滲み、それから根づいてくる。

言葉の毛細管の非常に細い一本一本が、しっかりと心のなかに張ってくる。それはやがて、静かにもりあがってくる。葉がひろがってくる。さわさわ、と葉がたがいに擦《こす》れあう音が聴こえる。沈黙のように聴こえる。目のなかに突然、いっせいに葉群らがひるがえって、光る。風を感じる。おおきな樹が生まれ、おおきな樹から、さらにおおきな影が生まれる。

「樹」という言葉は、ただの一語にすぎない。ただ一語にすぎないけれども、しかし、そのただ一語を書くだけで、明るい日差しの下の、おおきな樹の下の、おおきな影のなかに、わたしは入ることができる。たとえ、どんな深夜にも。

　ほんとうは、「樹」という名の木なんて、実際はどこにもない。あるものは桜の木であり、楢《なら》の木であり、榛《はん》の木であり、ヒマラヤ杉である。つまりそれぞれに、それぞれの名をもった木だ。「樹」という名の木は、だから結局、一人のわたしのなかにしかそだつことのない「樹」だ。「樹」という言葉であるだけだ。

　ときどき、じぶんのなかに幻のようにそだつこの「樹」は、いったい何の木だろう、と考える。確かにこの「樹」は、いつも枝ぶりも影も変わらない「樹」なのだが、どう考えても、この「樹」の名は「樹」としてしか、わたしには思い浮かばない。

　やっぱり「樹」でしかないのだ。だから、「樹」とだけ書く。疲れたとき、「樹」と書く。ただそれだけで回復するじぶんを感じる。わたしはこの「樹」が好きである。この「樹」に上ったり、下りたりすることが好きである。そして、この「樹」がつくるおおきな影のなかで眠ることが、好きである。

　どんな園芸家も、見えないこの「樹」をそだてることはできない。どんな都市計画も、見えないこの「樹」を伐り倒すことはできない。この「樹」は言葉なのだから、この自由の木の根を涸らしさえしなければ、心に影なすこの「樹」がくれる大切なものを失うことは、きっとないだろう。

I

КВАС

ノンセンスの贈りもの

ノンセンス詩の世界は、楽しい噂の世界といっていい。噂を楽しむ。それがノンセンス詩のくれる密かな楽しみだ。おかしなやつの、おかしな出来事の、おかしなものの噂がノンセンス・ポエトリー、あるいはコミック・ヴァースとよばれるノンセンス詩の世界には一杯に詰まっていて、その一つ一つの噂を拾って読んでゆくと、実にさまざまな多様性をもった世界の奥行きが、ゆっくりとこころの底にのびてゆくのを感じる。

ノンセンス詩のつたえる噂の主人公たちは、ほとんどが無口なものたちばかりだ。変人、奇人、偏屈人、はみだし人、あぶれ人、ちんちくりん。不出来な人生をがんばるもの、見棄てられたもの、忘れられたもの、弱いもの。この世ではまずけっして主役などふられることのないものたちこそが、ノンセンス詩の世界では、生き生きとした噂の主人公になる。かれらが何をし、どんなことを経験し、どんな有為転変《ういてんぺん》をおくったかなど、ノンセンス詩の噂の世界を通してほかに伝えられることはない。

おそろしく単純で、おそろしく矛盾していて、おそろしくまちがっていて、おそろしくいいかげんで、すこしも物事をわきまえていなくて、ヘマして生きているものたちの生きようを、ノンセンス詩は、しかも楽しい噂として読むものにつたえる。ばかばかしいことをばかばかしいほど真剣に、根も葉もない言葉で花も実もある噂をつくりあげて、「ほら、こんなやつがこんなことをしてこんなところにいたんだ」というふうに。

そのむかし　ベルリンの老人
しんじられない　やせっぽち
あるとき　ひょんなまちがいで
ケーキのこなに　まぜられて
さても老人　やかれてじょうぶつ
（エドワード・リア、高橋康也訳）

それがどんなに悲しい噂だろうと、それでもノンセンス詩の噂の世界がつねにふしぎな明るさを感じさせるのは、どうしてだろう。おそらくその明るさは、噂の主人公たちがどんなときにも「生きてるってことはそう悪いことじゃない」という生き方を黙ってじぶんにもっている、その明るさのせいだろう。だめなものはだめなりに、生まれてきたことがうらめしいものはうらめしいなりに、じぶんを明るくして生きている。それがノンセンス詩の噂の世界の無名の住人たちのやり方なのだ。

まずしい村に
まずしいおじいさんがいました
どうしてもくらしが
うまくいきませんでした
(コルネイ・チュコフスキイ、樹下節訳)

人生というのはそれほどたいしたものなわけではない。しかし、それはすこしも不幸ではない。むしろ不幸というなら、たいした言葉や立派なうそがあまりにもおおくありすぎ、あまりにも容易にもちいられている。そのことが不幸なのだ。ありとあるシンボルを漁《あさ》りあるいたあげくに、たった一つの実体すらもじぶんの足下に踏みそこなっている。そうした今日の言葉のありていのなかで、ノンセンス詩の言葉のたもつ平明さはいかにも鮮やかだ。実際、たとえば「幸福」ということについて、こんなふうに留保もなくあっさりと語りうるのは、今日ノンセンス詩の言葉のほかにはないのではあるまいか。

まぐろたち、かれらは人間に食べ
れました。それはかれらにとってあ
まり愉快なこととおもえませんでし
たが、たいへんしあわせなことに、
それは一生にたった一どしか起こら
ないことでした。

（ジャック・プレヴェール、麻周堯訳）

必要なのは亢揚《こうよう》した言葉や大それた夢によって生きるということなのではない。不作法なまでにじぶんであること、ただそれだけなのだ。

ノンセンス詩の噂の世界は、この世の無名なものたちの世界だ。無名にかけた一個の生き方を楽しい気分で一杯にして生きる。ノンセンス詩の本をひもといてその楽しい噂の世界にあそぶとき、そうした楽しい気分などをもった生き方というものをわたしたちがすでにどれほど手放しているかということに、いまさらながら仮借なく気づかされて、しばし呆然とする。

わたしは亀よ、せむしじゃないわ、
わたしは亀よ、成金じゃないわ、
わたしは亀よ、ペシミストじゃないわ。
どう？　じゃない？
（ロベール・デスノス、二宮フサ訳）

今の世では、生きる楽しさなどということは、もうすでに一つのスキャンダルにすぎないかもしれない。今ではロベール・デスノスの亀のように、「わたしはわたしよ」と元気に言いきれるだけの自信を、誰ももっていないのかもしれない。だからこそ、オールダス・ハクスリーがエドワード・リアについて言った言葉が、いまさらにいっそう切実に、いっそう親しく思いだされるのだ。

「ノンセンスの存在は、人生は生きるに価するという証明不可能な信念――これは全面的に受けいれるか、さもなければわれわれはみじめに滅びるしかないのだ――そういう信念を証明する一番の近道である」(新倉俊一訳)。ハクスリーは、そう言ったのだった。

猫の名前

猫に名をつけるというのはたいへんむずかしいことで、休日の暇つぶしにもってこいの楽しみというようなわけにはゆかぬ。そう断じたのは、その名も高い詩人のT・S・エリオットだ。言わずと知れたミュージカル、『キャッツ』の原作者だ。

そのエリオットによれば、猫は目を閉じて、しょっちゅう黙想にふけっているが、そうしたときはいつも、深みをもつ謎を秘め、言いあらわしたくとも言いあらわしがたい、ニャンとも言えず独自な、じぶんにもっともふさわしかるべき名はどんな名であるか、うっとりと思いめぐらしているのである。エリオットは正しい。猫に名をつけることとは、猫の首に鈴をつけることより、はるかに無謀なことなのだ。

一ぴきの老いたる猫をつれて風の街をさまよいあるく一人の少女の物語を、『猫がゆく―サラダの日々』という一冊の本に書いたとき、わたしはその老いたるでぶ猫にウサギという名をつけた。さんざんに考えたすえにそうしたのだが、しかしその名は、老いたる猫の自尊心をいたく傷つけてしまったのだった。その結果、物語のなかの猫は、終始ウサギというじぶんの名に疑いをもちつづけ、当然にも作者のわたしを、非難の眼差しで見つめることをやめなかった。

実を言えば、猫の物語を書くということより、その猫に名をつけるということのほうが、ずっと容易ならざることなのだ。

数おおくの物語のなかの親しくも忘れがたい猫たちは、むべなるかな、そのほとんどが名なし猫である。トルーマン・カポーティの『ティファニーで朝食を』（龍口直太郎訳）にでてくるアカトラの猫が、わたしはとても好きだが、もちろんその猫も名をもたない。物語の巧手をもってしても、猫の名まえというのは、どうにもならない泣きどころなのだ。

作家は、猫を抱いた物語の愛すべき女主人公に、いみじくも語らせている。

「かわいそうにね。このおバカちゃんはまだ名前ももらってないのよ。名前がないのって、ちょっと不便だわね。でもあたしには、この子に名前をつける権利なんかないの。あたしたちは、ある日偶然河のほとりでめぐりあって仲がよくなっただけ。おたがいにどっちのものでもないのね。この子も独立しているし、あたしもそうなの」

名なしの友人を見失った日、女主人公は、激しい風の舞うニューヨークの街角を、名なしの猫の名をよびながら、必死に駆けずりまわる。

「キャット、どこへ行ったの。でておいで、キャット」

そうなのだ。まさしくキャットという名以上に適切などんな名も、猫はもたない存在なのである。そうして、カポーティの女主人公の言うように、わたしたちには猫に「名前をつける権利なんてない」のである。

無名であることの誇りこそが、おろかな人間たちのあいだで生きるすべての猫たちに、つねに独自の威厳をもたらしてきたところの、語られざる秘密なのだろう。わたしたちの国におけるもっとも有名な一ぴきの猫の警告を思いだそう。

「吾輩は猫である。名前はまだ無い」

わたしたちにとっての猫の物語は、すべてそのうそのない一行にはじまるのだ。

ランドフスカ夫人

二十五歳の冬だった。わたしはじぶんが四半世紀をすでに生きたことに突然気づいて、ひどく途方に暮れていた。そして、いつもおなじようなことを考えていた。二十五歳までに自殺しなければ、四十歳までは生きられる。四十歳まで生きられれば、死ぬまで生きられるだろう。

二十五歳の青年にとって魅力だったそのテーゼは、しかし、わたしのなかにバッハがやってきたときに不意にくだけた。何かの機会に記憶の底にのこった音があり、その音が絶えず耳の奥にひびいていて、その音を追いかけてゆくと、それがバッハの平均律クラヴィーア曲集だった。わたしはＬＰモノラル五枚組の、ランドフスカ夫人による平均律クラヴィーア曲集を手に入れた。それが「美しい惑いの年」からの別れになったことに気づいたのは、ずっと後になってだった。

それからは毎晩憑《つ》かれたように、ランドフスカ夫人を聴いた。一日一枚ずつ、繰りかえして聴いてゆくのだ。平均律クラヴィーア曲集をぜんぶ聴きおわると、週日が終わった。毎週がその繰りかえしだった。

モノラルのレコードはけっして最良の音とは言えなかったし、そのうえ聴きすぎで、レコードの痛みがはげしかった。わたしはかまわなかった。こうした聴き方は正しくないかもしれないのだが、このときのバッハ／ランドフスカ体験は、わたしのなかに、音が肉体に入りこむまで繰りかえし聴きつづけるという仕方での、音との付きあい方をつくった、と思う。

いまのわたしは、そののちに知った、ピアノによるスヴャトスラフ・リヒテルの平均律クラヴィーア曲集を愛している。けれども、そのとき繰りかえし聴くことに耐えうる言葉の力というものを胸叩かれるようにして感じさせられたのは、ランドフスカ夫人のバッハだった。日々が繰りかえしの生にすぎない疑いに囚われていた青ざめた一人は、こうしてバッハによって、繰りかえしを耐えてはじめて、言葉は言葉たりうるということをまなんだ。

わたしはバッハの音を、まず言葉として、じぶんに必要な言葉として聴いていたのである。

バッハを弾くものが、かならずその音のうちにみずからの生の脈搏音をあらわにしてしまうように、バッハを聴くことは、そこにじぶんの生の脈搏音を確かめることだった。バッハを聴くことは、じぶんを読むことだった。バッハはあらゆる複雑な読みをゆるす単純さをもち、それゆえに、わたしたちの生と死のむだのない単純さに、ほとんど同時である。

それからわたしは、偶然をたよって、ずいぶんさまざまなバッハを聴いてきた。そして、レコードの時代からCDの時代に変わって、バッハの聴き方もずいぶんと変わった。だが、どんなにちがったCDや演奏においても、たとえばあのMJQのジョン・ルイスによってみごとなジャズに編曲されたプレリュードとフーガにおいても、バッハの怖しい単純さは変わらなかった。むしろまさにさまざまに多様なバッハであることによって、バッハはつねにいっそう一人のバッハだった。

モーツァルトのように

拒絶のなかでしか生きられないような生のかたちを、どこまでつらぬいてゆくのか。息を深く吸いこむと、思わず咳こんでしまう。そんな日の繰りかえしを、どこまで膝を立てた姿勢に負ってゆくのか。

なぜ口にだしたら嘘になってしまう言葉が、こんなにもおおすぎるのか。うつくしい言葉が信じがたくなり、確かな言葉は苦しく、暗くなった。

そんなふうにしか思えなくて気が塞《ふさ》ぎかけていたころ、一冊の本に出会った。『モーツァルト頌』（吉田秀和・高橋英郎編）。モーツァルトの同時代から現在まで、さまざまな人たちがさまざまな声や身ぶりで語ったモーツァルト頌を、どんなひそやかな眼差しさえ見のがさずに編まれた一冊の本。その本をはじめて読んだとき、ほとんど忘れかけていた約束を思いださされたような気がして、おもわずギクリとした。

ほとんど忘れかけていた約束。それは、オマージュ（讃える言葉）こそが、もしかしたら、言葉がほんとうは夢みている最良のよろこびなのではないか、ということだ。うつくしい言葉をすでに信じられなくなっていた一人にとって、それは、到底果たせそうもないような約束に思えた。

オマージュは、つねに、オマージュを書くひとの感情と書かれる対象の感情を、ともにやわらかなゆたかさのうちに上昇させる、見えない力を匿《かく》している。そして、その求心的な動きのなかで、最良のオマージュは、絶えず最良の批評を、内部に誘いこんでゆくのだ。

しかし、言葉のありようが宣伝の言葉に先んじられてしまっているような今、一編のうつくしいオマージュに出会うことなど、およそ一つの僥倖のようになってしまった。

消費のために、気のきいた言葉をならべることや美々しい言葉をふるまうこととはちがう。オマージュは、ある意味で、わたしたちが手にしうる一つの幸福とよべるものを証しうるような言葉なのだ。

『モーツァルト頌』を読み、人びとの感受性のオマージュへの望みを、見えない木の根のように下ろしつづけてきたモーツァルトへ寄せられた言葉を読みながら、いまさらに感じるのは、わたしたちは現実になんとオマージュの不可能な日々を過ごしているのだろうということだ。

オマージュの言葉をとりおとす時代は、たぶん、幸福をとりおとしている時代だ。モーツァルトのような音楽に対してとりうる態度は、二つに一つ。黙って聴き、じっと沈黙するか。あるいは、好きだと一言、ぽつりと呟くか。――つまり、オマージュとは、モーツァルトを聴くようにしか読めないし、書けないような言葉である。およそどんな冗舌にも不足していないような時代に不足しているのはただ一つ、ほんとうに必要な言葉だ。みずからゆたかに沈黙できるような言葉だ。

ブラームスの静かな言葉を憶えている。――「今日のわれわれには、モーツァルトのようにうつくしく書けなくなってしまった。われわれにできるのは、ただ、彼が書いたと同じくらい純潔に書くように努めることだ」。

手

何かをしながら、音楽を聴くということができない。いつも、していたことを中断したまま、じっと音を聴いているじぶんを見つけてしまう。音を聴いているというより、音のなかに手を探しているじぶんを見つけてしまう。

音楽を聴くのが好きなのは、それが手のつくりだす言葉であるからだ。音のなかに音をつくりだす手が生きているからだ。作曲家の想像力は手にむかってはたらき、演奏家は手の自由を、一心に指先にあつめる。どんなベートーヴェンも、どんなドビュッシーも、どんなバルトークも、手の経験を通らなければ、音にならない。

作曲家が見えない音を見えるようにきざむなら、演奏家は見える音を、絶えず壊す手でつくりなおす。あらかじめ、ただ一人のバッハ、ただ一人のシューベルト、ただ一人のメシアンがいるのではなく、たとえばグレン・グールドのバッハ、アルフレッド・ブレンデルのシューベルト、あるいはアナトール・ウゴルスキのメシアンがやってくるのだ。

壊しながらつくってゆく音、さまざまな手の自由をゆるすことによってしか可能ではない、ただ一つの音。

ただ一つの音がなりたつためには、どのようにもさまざまに手の自由がなければならないのである。音楽を聴くことが楽しいのは、音楽がそのようにただ一つの音が多様な手の自由によってささえられたものであることを、絶えず思いださせてくれるからだ。

音の発見は、だからほんとうは、手の発見なのだ、と思う。音を聴いているとき、わたしはほんとうは、手を聴いている。音のなかに手を感じる自由を誘いだしてくれる演奏が好きである。とりわけ、黒と白の鍵盤のうえに置かれたピアニストの手が好きである。

音のうえを音もなく走る十本の指を想像するのが、好きだ。それは、言葉で言葉をつくることとの限界を正確に確かめてゆくほかに言葉の仕事に携わる理由をもたない、わたしのような人間には、手がつくりだす言葉から、わたしたちは今日あまりにも遠く、無残に追放されてしまっているという思いが、あまりにも生々しく、痛切なためなのかもしれない。

けっして音をつくりなおすことをやめない、ピアノのうえの手を思いえがくことが、好きである。だがそれは、なぐさめのない楽しみでもまたあるのだ。なぜならピアノのうえの手は、いつだってわたしに、「おれたちの欲望にはたくみな音楽が欠けている」とランボーが喝破してからもう、一つの世紀が過ぎているというのに、いまもなおわたしたちの欲望には、たくみな音楽が依然として欠けたままであることを、けっして忘れさせない手であるからだ。

わたしたちの時代には、わたしたち自身の、つくりなおす手が欠けている。

夏の夜の眠り

絶対にこれはよいと言えるものなんて、もうなくなってしまったのだ。すべては表があれば裏がある。よいものはわるいものであり、恋するものは裏切るものだ。「神は死んだ」と叫んだのはドイツの哲学者だったが、その哲学者が死んだとき、神はうれしそうに「哲学者も死んだ」と言ったそうだ。

神ですらそんなつまらない冗談しか言わなくなってしまったのが、わたしたちの時代だと言うべきなのか。けれども、実を言えば、わたしには、たった一つだけれども、絶対にこれはよいと言えるものが、まだあるのだ。眠りだ。眠りだけは、わたしにいまなお絶対によいと言えるただ一つのものである。眠れると知るとき、わたしは一瞬にして幸福になる。いそいそと、眠る。

ちいさいときから、眠りにかけては天才だった。ひろい場所もゆたかなベッドもいらなかった。眠るために必要なものなんて、わたしにはなかった。膝をまっすぐに伸ばし、かかとをそっと浮かすことができれば、それでよかった。

世界という単語がなければしんどい思いなんてしなくていいから、世界とか社会とか時代といった単語なんて手に入れるんじゃなかった、と思うこともある。というのも、そうした単語を手に入れたときに、わたしははじめて自由な眠りさえこの世では妨げられるということを知った。

学校にゆくようになると、学校でも家でも眠っていると叱られねばならなかった。けれど、なぜ叱られねばならないのか、わからなかった。そして眠い目をこすりこすりして覚えたことは、もうほとんど忘れてしまった。

恋をすると眠れないなんてことも、わたしにはなかった。シェイクスピアの『夏の夜の夢』が、わたしは好きだ。『夏の夜の夢』を読んで、わたしは、眠っているうちに目ざめたら最初に見たひとを恋する惚れ薬をまぶたに塗られて、ほんとうは好きでなかった青年を愛しぬくようになるヘレナのことを知った。

眠っているあいだ、ヘレナのようにまぶたに惚れ薬を塗られたことがないなんて、誰に言えるのだろう。それよりはよく眠って、シェイクスピアのような運命のつくり手に、じゅうぶんに人生の惚れ薬を塗る時間をあたえてやるべきではあるまいか。『ロミオとジュリエット』のジュリエットは、恋人ロミオの眠りを信じることができなかったばかりに、胸に短剣を突き刺してみずから死んだのである。

眠りを信じなければならない。なぜわたしたちは眠りのなかで回復し、むしろ夢みるように生きることができないのか。眠るな、不眠の精神をもって生きよ、というような言葉は比喩としても不正確だ。わたしたちは神なしにも愛なしにも生きられるけれども、眠りなしに生きることはできないからだ。

ヘルジーリエの鍵

手に楽しく、日々に懐かしくて、いつでも何となく目に近しいあたりにあるのだが、べつに目立たない。ごくありふれたようにそこにあるのだが、実を言えば、そこにあってもべつに何の実用もなさない。無用の用しかなさない。けれども、ただそこにあるというだけで、そこに物言わぬ毎日の仲間がいる、と思う。一人のわたしにとって、必要な孤独にねがわしい、必要な机辺の友人。それがおもちゃだ。

たとえば、机のそばにある、太陽におもいきり曝されて真ッ白になった牛の頭蓋骨。おおきな白い頭蓋骨をおもちゃということは、当をえないかもしれないが、わたしにはもっとも親しい日々の友人だ。あてどない日には、みごとに嚙みあったその牛のするどい真ッ白な歯の数を、あてどなく算《かぞ》える。上歯の数をもちうるかもしれぬ希望の数として、下歯の数をほうりだしたい絶望の数として。もちろんどう算えようと、下歯の数のほうがおおい。

鋳物の拳銃。街の古道具屋のかたすみで見つけた、メイド・イン・USAのカンシャク玉撃ち。しっとりと重たくて、手に冷たいちいさなおもちゃの拳銃は、これ以上はない文鎮であり、読書の伴侶として、かけがえのない最良の友人だ。すばらしい言葉に出会ったら、何はともあれ天井にむけて、カチャリ。およそつまらない言葉にぶつかったら、くたばれとばかりにカチャリ。無体なカンシャク玉を破裂させずにすむ、素敵な、静かな武器だ。

それから、輪投げだ。一本の棒にむかって、距離をおいて、輪を投げる。輪投げは一度はじめると、ついついやめられなくなる。的にむかって投げるというそれだけのことなのだ。ただそれだけのことなのだが、的にむかって投げるということには、無言の熱中をどこまでも誘う、とてもふしぎな魅惑がある。ダーツが、そうだ。ダーツは用心したほうがいい。はじめたら、くたくたになるまで、どうしてもやめられなくなるからだ。

そんなこんなわが机辺の毎日の仲間たちを相手にして日を過ごすことは、退屈の極みとしか言えないことかもしれない。しかりだ。だが、しかしである。退屈することができなければ、あるいは退屈にむきあうことができなければ、おもちゃを日々の親しい友人とすることも、またできないのだ。ひとがじぶんにとって慕わしいおもちゃを発見するのは、ひとがじぶんのもつどうしようもない退屈を発見する、まさにその場所においてだから。

退屈というのは、何ともしがたく、厄介で、やりきれず、つまらないものだ。退屈は、無でしかないからだ。しかし、おもちゃは、日々に匿されてあるそうした退屈なしにはありえようもないものだ。

おもちゃは、どうにもならないような退屈をこそ日々に生き生きと活用することができなければ、おもちゃではない。もっともすばらしいおもちゃは、退屈という無から、無我夢中という無をとりだして見せてくれるようなおもちゃである。

どんなに上等だろうと精巧だろうと、どんな勿体がついていようと、モノとして見れば、おもちゃは無駄で、無用で、無意味で、そうして無償のモノである。何でもないものでしかないものである。

世界でもっとも有名なおもちゃの一つは、たぶんプーという名をもつ熊の縫いぐるみだけれど、それだってもちろんただのおもちゃだった。古びて、でこぼこしていて、気のぬけた様子をした、どうともないただの縫いぐるみにすぎなかった。

石ころ、数字、糸くず。おもちゃは何だっていいのだ。大事なのは、それがどんなものということではないのだ。おもちゃはモノではなくて、つまるところ、時間の容れものなのだからだ。

さんざんあれをのぞみ、これをこころみ、それをしたりしながら、ひとはほんとうは、退屈という無をもっとも怖れている。

おもちゃは、そうした一人の日々のいたるところに穴を開けている、退屈という怖るべき時間をいれる容れものであって、その中身は無なのだ。

わたしがじぶんのおもちゃで一番気に入っているのは、手にしたいとずっと思いながら一度も手にできず、これからもずっと手にすることができないだろう秘密の鍵だ。この鍵だ。

ゲーテの『ウィルヘルム・マイステルの遍歴時代』に図示されている鍵である。へ

ルジーリエという気まぐれな風変わりな娘が、この鍵を見つけるのだが、それは、そのなかに人生の秘密がはいっている、謎の小函《こばこ》を開けることのできる鍵だ。

謎の小函には、何がはいっているのだろう。「全然何もはいっていない」にちがいない、とヘルジーリエは思う。何もない。それがこの鍵で開けられる、謎の小函におさめられているだろう秘密なのである。

おもちゃは、それによって何かを手に入れようとのぞむ、誰のいい友人にもなれないだろう。あるいは、退屈という無で穴ぼこだらけの一人の日々に、ようやく人生の秘密を開けることのできる鍵を見つけたと思ったら、その秘密とは「何もない」ということだったことを声高に怒ったり、悲しんだりするような人の仲間であることもまた、おもちゃはできないだろう。

けれども、ただそこに物言わぬ毎日の仲間がいると思うと、それだけで密かにはげまされる一人には、何でもないものでしかないおもちゃが、いつだって、必要な孤独にもっとももねがわしく、慎みぶかい最良の友人になる。

交響曲第一番

ビゼーは交響曲をたった一つしか書かなかった。

交響曲第一番。ふつうそうよばれるのだが、ビゼーには第三番も第七番もない。交響曲は第一番しかない。

交響曲を書いたとき、ビゼーは十七歳のパリ音楽院生だ。すでに天才の名をほしいままにしていた少年だった。少年は何もかも忘れて、はじめての交響曲に熱中する。しかしそれは、書きあげられはするものの、そのまま少年の机の奥深く蔵《しま》いこまれてしまうのだ。そしてそれっきり、二度とビゼーは、交響曲というものを書かなかった。

ビゼーの時代は、オペレッタの時代だ。作曲家になるというのは、オペラの作曲家になることだった。十七歳の少年はオペレッタへの道を択び、やがて輝やかしい『カルメン』や『アルルの女』の作曲家ビゼーになり、日の光りのなかに色彩がざわめいているような明るい音楽を書きつづけて、わずか三十六歳で死んだ。

短く華やかな作曲者の生涯の影のなかに、十七歳の少年の書いたただ一つの交響曲は、匿されたまま、忘れられて終わった。少年の交響曲がパリ音楽院の図書館の片隅から見いだされ、ビゼーの交響曲第一番として初演されたのは、死後六十年目の冬、書きあげられて八十年目のことである。

それは、ふしぎな交響曲だ。曲は、いきなり、全オーケストラによるすばらしい和音の一撃にはじまる。そしてすぐに流れるようにうつくしい第一楽章第一主題へとうつってゆくのだが、なんといってもみごとなのは、冒頭の、ただ一度だけの、短くするどい全オーケストラによる一撃だ。それだけがこの交響曲のすべてだ。そういっていいぐらい、はげしくこころにひびく一撃だ。

あたかもはじまったそのときにほんとうは終わっている交響曲。それがビゼーの交響曲第一番だ。

おそらく、冒頭の、ただ一度の、全オーケストラによる一撃に、十七歳のパリ音楽院生は、交響曲への野心のすべてを叩きこんだのだろう。だが、その音を最初に書いてしまったあと、少年にはもう交響曲という形式で書くべきことが、きっと何もなかったのだ。聴いていると、そのことが胸に痛いように伝わってくる。

完璧な敗北というものをはじめて知った少年の、悲しみの一撃。交響曲第一番はそこにはじまり、そこで終わっている。

じぶんの完璧な敗北をしるした楽譜を胸の奥深く蔵いこんで、あざやかな悲しみをかかえて、明るい風景を横切っていったビゼー。そのたった一つきりの交響曲第一番がとても好きだ。

雨の日と月曜日には、もしどうしようもないような気もちに襲われたら、わたしは、ビゼーのその一つしかない交響曲を聴く。

「?」を売る男

夏がやってくると、人びとは先をあらそって、街をでていった。屋根に鞄をのせた自動車や蹴込に荷物を詰めこんだ馬車が往来を走りでてゆくたびに、街並みがいっそう淋しくなった。いつもの場末のカフェもがらんとして、なじみの顔を見かけることもなくなった。

そんなある晩のこと。壁ぎわのおおきなテーブルでたった一人、いままでついぞ見かけたこともない男が、黙ってビールをちびちび飲んでいた。（……）

そんなふうにはじまる話を読むのは、昼下がりがいい。それも街で、しっとりと泡だった冷えたビールをまえにして、一人でゆっくりと読むのがいい。

午後の静かな店に座り心地のいい椅子を見つけて、いい短篇を一つ、ゆっくりと読む一人の時間をもつことができれば、その日はいつもとはちがった一日になると思う。

日の光りがなかまでとどく店がいい。

よく冷えたビールといい短篇とで渇いた心をいやしたあとでは、周囲の状景がちがってくる。ありふれた街の場面が物語の一瞬のように思え、街の時間にふいに血がかよってくるように感じられる。

そうしたある日の午後、古本屋で偶然手にした古い一冊の本をひらいて、その奇妙な男に出会ったのだった。それは劇作家の小山内薫の『東京の消印』という、いまは忘れられているがとても魅惑的な、二十世紀がはじまったばかりのころの古いベルリンの街の物語集だったが、以来この街のどこかの店で、わたしはその男に、いつかいきなり出くわすような気がしきりにしてならないのである。

（……）がらんとした店の壁ぎわのおおきなテーブルで、その男はたった一人で黙ってビールをちびちび飲んでいた。そして煙草入れをとりだすと、震える手で紙巻きを一本ぬきだして、口にくわえ、口を細めてうまそうに煙草をふかし、つと振りむいて、こちらをじっと見つめ——ふいに、一人で大声で、いかにも楽しそうにわらいだした。

それから立ちあがると、男はこちらにゆっくりとやってきた。ひどく不自由な身体を引きずるようにして。

立ちどまると、男は煙草入れをとりだし、黙って突きだすと、嗄《しゃが》れた声で一本ぬくように言い、ぶるぶるふるえる手つきで、マッチを擦った。怖いような気もしたが、見知らぬ男の目はわらっていて、その微笑には、ふしぎなほど邪気がなかった。その晴れやかな目を見ると、この男が誰かと疑う気もちが、ふっと消えてしまった。

煙草ののこりがすくなくなったとき、男が微笑みながら言った。「その吸い口に、指を突っこんでごらんなさい」。

言われるままに吸口に人指し指を突っこんでみると、切手のようにちいさな紙がでてきた。紙には、ただ一字、「?」《フラアゲツァイヘン》と刷ってあった。

不審に思って男の顔を見ると、男はとっておきの秘密を打ちあけるというふうに不自由な身を屈め、上衣のポケットから両手にいっぱい切手のシートのようになった「?」のついた紙を引きだすと、すばらしい微笑を浮かべてささやいたのだ。

「どうか、お買い求めくださいさい、あなたの人生に必要なぶんだけの『？』《フラアゲツアイヘン》を！」

ほんのちょっとした隠れ家

クラクフ。南ポーランドの古い静かな街。明るい日差しの下に擦りへった石畳の道がつづく街だ。四階建の建物がきっちりとならんだ古い街を歩いてゆくと、足音がそのまま石の壁に消えていってしまいそうだ。

古い街の古い壁にそって、中世の織物市場のある街の中央広場のほうにゆきかけたところに、古い街のたたずまいのなかにひっそりと埋れた、古い一軒のコーヒー屋がある。

カヴィアルニア・ヤマ・ミハリーカ。「ほんのちょっとした隠れ穴」というような意味のコーヒー屋だ。

入口に古い仮面劇の仮面が二つ。それだけなので、うっかりすると気づかずに通りすぎてしまう。さりげない店だが、ちいさな鉄の扉を押してはいると、仄暗《ほの》い店は、大勢の話し声でいっぱいだ。ポーランド人は話が好きで、カヴィアルニア（カフェ）

が好きだ。

ヤマ・ミハリーカで変わっているのは、椅子である。どの椅子も、およそてんでんばらばら。貴族の肘掛椅子のような椅子もあれば、柔かな長椅子があり、ひどく固い木椅子がある。どの椅子も、仕様が古い。もうずいぶん使いこんできたような椅子ばかりだった。

古いふるい店である。店を開けてから、もう百年を越えた。百年前ポーランドという国はなかった。オーストリアの属領だった。第一次大戦で、ようやく国をとりもどす。だが、第二次大戦で、ふたたび失われる。

クラクフのこの百年は、二度までもじぶんの国を失わなければならなかった百年である。その百年のあいだ、この「ほんのちょっとした隠れ家」は、ひっそりと変わらず、この街の日々のかたすみに店を開けつづけてきて、人びとはこの仄暗いカフェの椅子にすわって話し、あるいは黙ってきたのだろう。人びとが無言の言葉で語る術を、街のカフェは、歴史の真只中にそだてる。

百年まえ、流刑地帰りの父とこの街に暮らしていた少年のジョゼフ・コンラッドは、このコーヒー屋のまえの道を、毎日うつむいて、学校に通った。五十年前には、のちにスターリンの粛清にあってシベリアで死ぬ若いブルーノ・ヤセンスキイが、大声をはりあげて、詩を読んだ。国のない街で、この古いコーヒー屋のコーヒーと椅子だけが、街の人びとにとって、安んじて寛ぐことのできる唯一の場所だった時代があった。

いまは遠いむかしの話だ。だが、ポーランドという国のことを思うとき、いつもまっさきに思いだすのは、古い仮面劇の仮面を入口にかかげた、この古いコーヒー屋のことだ。

国のない街で暮らしてきた人びとになくてはならなかっただろう「ほんのちょっとした隠れ家」。

そこにある、仄暗い、静かな時間。

不揃いの古い座り心地のいい椅子。

掌を温める、一杯のあたたかなコーヒー。

おいしい水

土地の味。そうとしか言えない微妙な味がある。水の味だ。水には、土地の味というものが、どうしたってある。

街がちがうと、微妙に水の味がちがってくる。おなじコーヒーが、水の味で、微妙に変わってくる。飲みものも、そうだ。その街でなければならないというような微妙な味を、するどく呼吸しているその土地の飲みものがある。コップに注ぐ。一息に飲む。

すると、コップのなかから、その街の情景があふれてくる。街のたたずまい。人びとのまなざし。公園とキオスク。たとえば、クワスがそんな飲みものだった。

あのとき、突然、大粒の雨が落ちてきたのだ。わたしはあわてて駈けだした。走って、走って、プーシキン通りにぬけた。九月のモスクワ。雨と人がいっしょになって、斜めに走った。軍人が犬を抱いて走ってきた。自動車がはげしく警笛を鳴らした。

最初に見つけたカフェに、追われるようにとびこんだ。カフェは雨を避けた人たちでざわつき、混みあっていた。子どもが泣き、母親が叱っていた。一人の男が、鳥打ち帽を膝で幾度もたたいて、雨滴を床にとばしていた。

隅に二人の男女が座っていた。微笑もなく男が話していた。女は身じろぎもしなかった。男の低い声がとぎれた。女の頬に、涙が窓ガラスのうえの一滴の雨粒のようにこぼれた。男が女の手を握った。女は握りかえさなかった。

騒々しいカフェだった。誰かが叫ぶように話していた。

二人は立ちあがった。もう若くはなかった。質素な服ががっしりとしたふたりの身体をつつんでいた。男が腕を差しだした。女は拒んだ。顔を見ようともしなかった。それから、ふたりは途方にくれた二匹の小犬のように、沛然《はいぜん》たる雨のなかに黙ったまま出ていった。

雨があがって、わたしは外に出た。クワスの車が出ていた。クワスはロシア土着のさっぱりした清涼飲料水である。ロシアの農婦の顔をしたクワス売りのおばさんのたくましい手が、コップをつかんだ。おばさんはコップを洗うと、タンク車の栓をくるっとひねって、亜麻色のクワスを注いでくれた。うっすらと薄く鼻髭の生えたおばさんだった。

まだソヴェトという国家があった時代の話である。クワスは「革命」の味がした。生のまま、いまここでしか飲めない飲みもの。壜《びん》に詰めて遠くへ持ちはこんで売ることのできない、街の飲みもの。そこに、一滴の、ロシアの女の涙が混じっている飲みもの。雨あがりの秋のモスクワの味が、まだ胸にのこっている。

やあ、メニューインさん

第二次大戦の終わった年の冬だ。一人のヴァイオリニストがモスクワを訪れて、赤の広場とクレムリンを見わたせる古いホテルに泊まった。皇帝の時代につくられた古いおおきなホテルだ。窓から見える大いなる広場の景色は、目をなぐさめてはくれなかった。赤の広場は、気品もあたたかみもなく、クレムリン城壁の下に、殺風景に、近づきがたく、印象的に横たわっていた。

モスクワの音楽家たちとの語らいは楽しかったが、ヴァイオリニストには、モスクワでどうしても会ってみたい人間がいた。この国が革命以来なしとげてきたこと、そしてこの国が約束している未来についての話は、うんざりだった。わたしにおおきな悦びと安心感をあたえてくれるのは一つだけ、それは五十年のあいだ、おなじ一つの仕事をしてきた人と会うことだ、とヴァイオリニストは言った。

そうした人を探して、どこかへゆく必要はなかった。そのホテルのエレヴェーターの運転係が、そうだった。その男はその古いホテルのエレヴェーターを、五十年のあいだ黙って動かしてきたのである。

革命が二回。内戦が一回。大戦が二回。経済五カ年計画。農業の集産主義化。そして粛清。その五十年のあいだ、この非凡な男は、じぶんの仕事だけに心をおき、黙々とエレヴェーターを動かしてきたのだった。

称うべきヴァイオリニストのユーディ・メニューインが自伝『果てしなき旅』（和田旦訳）に誌《しる》している話だ。メニューインはそののちモスクワから戦後のヨーロッパにもどるのだが、モスクワのエレヴェーターの運転係とおなじ顔をした、おなじように寡黙な人たちに、ヨーロッパのどの街の古いホテルでも出会う。

ごくさりげなく、日常を生きている。けれども、あくまでしぶとい一人の生き方を、おなじ一つの仕事につらぬいてきた。街の日々のなかには、かならずやそのように孜々《しし》として生きてきた人たちがいるのだ。

かれらはじぶんの仕事をよく知りぬいている。かれらの身ぶりには、他人への敬意をもった気づかいがつねに込められている。どんなときにも平常心を無くすまいとし、無くさない。その自負がかれらの生きる流儀をささえている、とメニューインは言う。

「まるで神のような平静さが、どういうわけか、原油と混ざってしまったかのように」。かれらがみずから重んじるのは「政体の盛衰」より、つねに日常の仕事である。

メニューインが伝える、そうした古いホテルで五十年のあいだ、おなじ一つの仕事をさりげなく、しぶとくやってゆくような人たちが、読んで親しく、近く感じられるのはなぜだろう。そうした人たちがわたしたちのもつ日常の意味を、もっともよく語ってくれるような人たちだからだろう。

「やあ、メニューインさん」

日常を生きる人びとのあいだには、武器はいらない。ただありふれたものがあればいい。日々を呼吸する、心を込めた親しい挨拶の言葉があれば。

バラ色の下着

二人は橋の欄干に腰かけて、通りすぎる女たちを眺めていた。戦場から故郷の街にもどってきたばかりだった。敗れ去った戦争から敗れ去ったじぶんの国に敗れ去ってかえってきたのだ。

一九四五年、ハンブルク。二人を迎える誰もいなかった。女が一人通りすぎた。すごいバルコニーだぜ。あのうえでコーヒーが飲めるぜ。一人が言った。たっぷりミルクを入れてね。もう一人が言った。二人は故郷の女たちの閲兵式をしていたのだ。

そのとき、彼女が通りすぎたのだった。彼女は誰ともちがっていた。水蜜桃の匂いがした。さもなければ、とても清潔な肌の匂いが。

彼女はバラ色の下着をつけているかもしれないよ。ややあって一人が言った。どうしてだい。わかるものか。もう一人が言った。彼女みたいにいい女は、と最初の一人が言った。バラ色の下着をつけているんだ。きっとそうだ。おれにはちゃんとわかるんだ。

かつてヴォルフガンク・ボルヒェルトという名の若い作家がいた。第二次大戦後のドイツの廃墟に一瞬のようにあらわれ、あっという間に死んだ。わずか二十六歳。——戦争の時代に個々人として生きて死んだ人たちが安らえるのは、この世界に落ち着くことのできなかったボルヒェルトの記憶のなかでだけだ。そう言ったのは作家のハインリヒ・ベルである。

「彼女はバラ色の下着をつけているかもしれない」というボルヒェルトの短篇の一つが、わたしは好きだ。

なぜバラ色の下着かって。橋のうえで、一人がもう一人に言った。おれはある男を知ってた、軍隊で、ロシアの戦線でさ。そいつはいつも紙入れにバラ色の布を入れてた。誰にも見せなかった。

ある日、そいつを落っことしたんだ。仲間のみんなが、それを見た。そいつはそれを、許嫁《いいなずけ》から、お守りにもらったんだ。そいつの女は、いつもバラ色の下着をつけてたんだよ。誰かがそのバラ色の布を、パーッと放りあげた。みんなでさんざんにわらったね。

それで野郎は、そいつを棄てちまった。そして翌日、殺《や》られちまったんだよ。橋のうえの二人は黙った。そんなばかばかしいことがあるかい。顔を見あわせて、二人はわらった。

わらいながら、最初の一人は、ズボンのポケットのなかで、拳固をこしらえた。ギュッと、何かを握りしめた。ちいさなバラ色の布だった。色褪せていた。しかし、まだ、バラ色はしていた。敗れ去った戦争から、青年は、ただそれだけを身にもってかえってきたのだった。

何のためにぼくらは、とボルヒェルトは言った。敗れ去った国に生きのこったのか。もう一度愛したいからだ……。

戦争で得た重い病気からついに回復できなかったこの若い作家の全集は、わが国でも一度編まれたことがある（小松太郎訳）。ちいさなバラ色の布を握りしめて、拳固をかためて生きようとしたボルヒェルトが、二十世紀の戦争の後の世界にはげしくもとめたのは、ただ一つだった。

「樹を樹とよび、女を女とよび、そしてイエスと言い、ノーと言う文法」をもつ、ごくあたりまえの人間の言葉だ。

三色の長くつ下

顔はそばかすだらけ。鼻はじゃがいもそっくり。髪はにんじんそっくり。ぴーんと飛びでている、きっちり編みあげた二本のおさげ。口はへらず口。まだたったの九つなのに、ごたごた荘という名の家に一人ずまい。けれども、びっくりするほど力のつよい女の子で、口も力も、大のおとなが誰一人、ピッピには敵わない。

世界でもっとも変わった女の子とずっとよばれてきたのが、スウェーデン生まれの長くつ下のピッピだ。けれども、とびきり変わっているのは、ピッピの格好だ。

服は、青い服をつくるつもりが布地が足りず、あちこち足りないところに無造作に赤いはぎれを縫いつけて、それっきり。おまけに靴はどた靴で、しかもじぶんの足の二倍はあるような、あきれるばかりの代物。そうして、すらりと伸びた両脚には、長くつ下のピッピとよばれるゆえんの長くつ下。そして、その長くつ下の色は？――と言うと、それが奇妙きてれつなのだ。

ピッピの長くつ下の色は、左右がちがっていて、片方が茶色、もう片方が黒というのが本当なのだが、わたしはずっとまちがえて記憶していて、赤と白と青の三色とばかり思いこんでいたのだった。どこで、どうして、間違えてしまったのか。

赤と白と青が三色組みあわされると、まったく独特の意味をもつようになる。組みあわされた赤と白と青は、自由、平等、友情の色だ。組みあわされた三色のその意味は、十八世紀のフランス革命が後世にのこした贈りものだ。

自由なこころのままに、ピッピは毎日を明るく生きることを大切にしていて、どんな深刻なことがらもピッピにかかると、あっという間にさわやかなことに変わってしまう。自由とはさわやかであれということだ。

ピッピの目で世界を見れば、大人と子どもはおたがい平等であり、そうであればこそ、おたがい損なっていけないのは友情である。そういうピッピの長くつ下の色が、片方が茶色、もう片方が黒だなんて、いったい本当だろうか。——もちろん間違えたのはわたしであり、世界でもっとも有名な女の子の長くつ下の色を、ピッピの作家は間違えたりはしなかった。

しかし、である。たとえ間違えていても、間違いが正しいときもある。わたしの長くつ下のピッピは、いまでも赤と白と青の、さわやかな三色の長くつ下を履いている。

銀色のロバ

「朝だ！　太陽は金色と銀色のよろこびを、大地にふりそそぐ」。目のとどくかぎりの遠くまで、風景のすべてが金色と銀色に溶けて、穏やかにひろがってゆく。あたたかな日の光りが甘い蜜のようだ。「さまざまな色の蝶がいたるところでたわむれている。花のあいだや、家のあたりで――中かと思うと、もう外で――泉のうえでも。いま、田園は、あらゆるところで新しくすこやかな生活に沸きたち、鼓動し、叫びはじめる」

スペイン、アンダルシア地方。すばらしく晴れた明るい風景のなかを、小さなロバが歩いてゆく。幼い子どものように愛らしく、動きはしなやかで、目のかがやきはみごとな黒水晶のようだ。

ロバの名はプラテーロ。「銀」を意味するスペイン語のプラータという言葉のひびきをもつ、「銀のような」という愛称のとおり、プラテーロはうつくしい銀色のロバだ。

ふんわりとした綿毛につつまれて、お月さまの銀の色をしている。

読むまえと読んだあとでは、世界がまるでちがって見えてくるような本がある。『プラテーロとわたし』（伊藤武好・伊藤百合子訳／長南実訳）が、そうだ。

アンダルシアの詩人ラモン・ヒメネスの遺した、銀色の小さなロバの物語。アンダルシアのごく平凡な日々の風景が、読むうちにみるみる、静けさと穏やかさにみちた、明るい謎を秘めた景色に変わってゆく。ふしぎだ。その銀色の小さなロバの本を読むと、目がとてもきれいになる。

花咲くオレンジの木。澄んだ風。高く昇った太陽。それらはなんと快いのだろう！ アンダルシアではね、プラテーロ。——詩人は、小さな銀色のロバに、そっと語りかける。——風景のどこにも、かならず銀色が隠れているのだよ。真昼の太陽の金色の光りにつつまれた眺めのなかにも、見えない月の銀色の光りがふりそそいでいるのだよ。風にそよぐオリーヴの葉をごらん。あのうつくしい緑には、銀色が混じっているのだ。——

バスクのピアノ

一九八〇年冬。スペインのパンプローナで、ひっそりと、一人の老人が死んだ。マヌエル・デ・イルホ。バスク人。バスク分離運動にみずから深くかかわって、穏やかとはけっして言えない生涯をおくった。

イルホの名は、ひろく知られることはなかったかもしれないが、スペイン市民戦争（一九三六—三九年）の記憶にむすびついている。バスクは大西洋岸にそって、フランスと国境を分かつスペインの国だ。ベレー帽を愛し、バスク語を話す。

イルホは、エウスカディ（バスクの人びと）とよばれたバスク自治共和国を代表して、困難な内戦のあいだ、マドリードの共和国中央政府に、最後の閣僚としてくわわった男だった。熱心なカトリックで、共和主義者だ。フランコ将軍の率いる反乱軍の攻勢にさらされながら、イルホは共和国の自由のために、共和国スペインにたいするコミンテルンの支配に、最後まで抗しつづける。

スペイン市民戦争を象徴するゲルニカは、バスクのちいさな町だ。自治共和国としてのバスクは、共和国スペインが長い内戦に敗れて崩壊したとき、失われる。イルホは国境を越えて、フランス領バスクに逃れる。そうして、エウスカディの自由をもとめるバスク分離運動をおこし、非合法に生き、総統フランコの死までスペインへもどらない。

トレヴェニアンの『シブミ』(菊池光訳)という風変わりな物語に、一人のバスクの詩人の話がでてくる。

陽気で話好きで、そして頑固なバスク分離主義者。山と笑いと詩と、友人がすすめてくれるワインと年老いたでぶの女を愛する初老の男だ。

「わしたちはかつてスペインからピアノを一台運んできた」と、バスクの詩人は言う。

「どうやってスペインの国境警察隊の目をぬすんだかって?」

「簡単さ。わしたちは鍵盤を一本一本運んだのだ。八十八回往復したのだ。中央ハを運んでいた男が途中転んでへこませたために、今日にいたるまでそのピアノには変ロ音が二つ並んでる」

イルホの名を思いだすと思いだすのが、そのバスクのピアノの話だ。

トレヴェニアンというのはふしぎな作家で、バスクに住むというほか正体のまったく知られない覆面作家なのだが、変ロ音が二つならんだその一台のピアノの話は、いかにもバスクの人びとの生きてきた、どこか狂って聴こえる歴史の旋律を伝える。

パンプローナで死んだ一人の老人もまた、生涯そんなふうにして、エウスカディの自由という名の、一台のバスクのピアノを運びつづけたバスクの男だったのだ。マヌエル・デ・イルホは、八十九年の短くない一生をまっとうして、記憶の薄闇のなかに、バスクの伝説をのこした。

誰も知らない場所で、イルホのように歴史の鍵盤を一本一本運び、死ぬと次の日からもう忘れられていったような人たちが、その肩に黙々と荷《にな》ったのが、二十世紀という時代の重さだった。

絶望のなかにも

「あの人は几帳面だね」。エルキュール・ポワロは人を賞めるときかならずそう言った。几帳面であること。それがアガサ・クリスティーが、この不抜の名探偵にあたえた人生の格率だった。

クリスティーは几帳面さを愛した。一九七六年、八十五歳で世を去ったとき、この几帳面な探偵小説の女王がわたししたちに遺したのは、長篇六十六冊、短篇二十冊。じぶんの年齢ときっかりおなじ数だけの、物語の贈りものだった。

探偵小説は、死体にはじまる物語である。誰かが殺される。謎がのこされる。その謎を解くのが、探偵だ。そして真実は、つねに意外である。

クリスティーが髭のポワロや愛すべきミス・マープルとともに語りつづけたのは、見せかけの事実は信じられないし、信じてはならないということだった。

忘れられやすいこの一つの真実を語るために、クリスティーは生涯に、なんと数多くの人びとを几帳面に殺しつづけねばならなかったことか。

『アガサ・クリスティー自伝』（乾信一郎訳）は、実に楽しい本だ。この無類のミステリー作家が「私」という難事件に独力で立ちむかう。ポワロの灰色の脳細胞も、ミス・マープルの節介も口も借りずに、だ。しかもすべては、異常な殺人事件にではなく、ただ平凡な一個の人生にしかかかわらないのである。

ひとの一生の平凡さ。それこそが人生の最大の謎なのだ。クリスティーは、ゆっくりと記憶を楽しみながら、穏やかな語りをもって、じぶんを主人公にして、その解きがたい謎を解明してゆく。

クリスティーは、平凡さに生きる歓びを見いだした人だ。世界中で著書が競って読まれるようになったあとでも、けっして一個の平凡な人生の楽しみを失うことをしなかった。優しく内気で、はにかみ屋でユーモア好き。どこでも眠れるのが特技で、勝負事はまるでだめ。汽車と劇場とコーヒーと犬が好きで、長話と温かいミルクの味と匂いが大きらいだった。

なぜ、探偵小説だったのか。

探偵小説において重要なのは、潔白であって、罪ではないからである。

「叔父がビルマでワニに食われてしまったんです」。一人の青年が悲しげにクリスティーに言った。「どうしていいか、分からなかった。で、そのワニを剝製にするのが一番いいと思って、そうしました。そしてそれをイギリスの叔母へ送ってやりました」。どんな絶望のなかにもユーモアがある。それが人生の秘密なのだ。クリスティーはそう信じていた。

ネス湖のネッシー

スコットランドのちいさな暗い冷たい湖に、誰もまだ見たことのない巨大な怪獣がいるらしいという噂は、ひろく世界に親しまれてきた。

噂の主人公、ネッシーの愛称で知られる幻の怪獣については、しかし、いまもほんとうのことは何一つわかっていない。噂を突きとめるべく、躍起になって繰りかえされた、さんざんな努力にもかかわらず、だ。

噂はまっとうなのか、信じられないか。ネッシーはほんとうはいないのか、いるのか。

ジェラルド・ローズの明るい絵にかざられた、イギリスの詩人テッド・ヒューズによる『ネス湖のネッシー大あばれ』（丸谷才一訳）は、永いあいだつづいてきたネス湖の噂の怪獣の真偽をめぐる論争にようやく終止符をうつだろうと思える、奇抜で楽しい絵本だ。

ヒューズによれば、ネッシーではなく、問題は、わたしたち自身である。

ネッシーは底の真っ暗なネス湖に棲んでいる。「どういうわけか」棲んでいる。噂の怪獣は憂鬱だ。人びとはあれこれいうが、ネッシーが実際にいると認めもせず、信じてもいない。

わたしは童話の動物じゃない、とネッシーは思う。いばるつもりはないけれど、わたしはみんなに知られたい。みんなの世界へでてゆきたい。

『ネス湖のネッシー大あばれ』は、そうして、湖の暗く冷たい闇から人びとのまえにすがたを現したばっかりに、おおきさは「トラックくらい」、かたちは「おんぼろ靴下みたい」、そして「むやみに長い首」をした噂の怪獣が次々に経験しなければならなくなる、とんでもない出来事の物語だ。

現れたネッシーを見て、人びとは信じない。ただ叫ぶだけだ。いるもんか、いるもんか、怪獣なんているもんか。

ネッシーがとんでもないのではない。ネッシーにとって、わたしたちの世界がとんでもないのだ。

なぜなら、スコットランドの噂の怪獣のもつ秘密とは、「どういうわけか」存在しているというただそれだけのごく平凡な真実にすぎないから。

存在するとは、理路間然するところがないということとはちがう。「どういうわけか」、あいまいで、ぶしつけで、不作法なのが、存在するということなのだ。ネス湖のネッシーという夢みられた怪獣が思いださせてくれるのは、わたしたちがともすれば忘れがちな、この世に存在するものが負っている、そのごくごくあたりまえの真実のありようである。

アイリッシュ・コーヒー

何もすることがないときは、言葉で旅をする。一冊の本と一杯のコーヒー。騒がしい街の店のかたすみに座って、一人ぶんの沈黙を探す。

本をひらいて、見知らぬ街の地図を探す。

本のなかには、街がある。まだ一度もいったことがないのに、親しく懐しく思われる。そんな街がある。たとえば、アイルランド。ダブリンの夕暮れ。

大好きなジェイムズ・ジョイスの『ダブリン市民』を手に、その街へは幾度旅しただろう。スティーヴンス・グリーンをまわって、賑やかなグラフトン通りへぬける。ダブリンの夕暮れは暖かく、灰色だ。街のなかを、リフィー河がながれる。ドラムコンドラ行の市電が走る。運河橋をわたる。イヴニング・メイル紙を買って、帰りにはプールベック通りの店に寄って、一杯やろう。

土曜には、エミアンズ・ストリート駅に駆けつける。汽車にはきっと兎狩り帽をかぶった男たちが乗ってくるだろう。男たちは挨拶し、冗談をいって、どっとわらうだろう。アイルランド人は冗談が好きだ。

汽車に乗つて
あいるらんどのやうな田舎へ行かう
ひとびとが祭の日傘をくるくるまはし
日が照りながら雨のふる
あいるらんどのやうな田舎へゆかう

むかし読んだ丸山薫の詩を憶えている。あいるらんど。懐しくひびく言葉だ。本を閉じる。立ちあがる。東京の夕暮れは淋しい。ジェムソンでもいいし、ブッシュミルズでもいい。帰りにアイリッシュ・ウイスキーを一本買ってゆこう。そして、アイリッシュ・コーヒーをつくろう。西洋史家の堀米庸三の『歴史家のひとり旅』という本で、わたしはアイリッシュ・コーヒーの淹れ方を覚えた。一度飲んで、その味が忘れられなくなった。

必要なもの　クリーム、濃厚なることとアイルランド訛《なまり》のごとく。コーヒー、強きことと友の手のごとく。砂糖、甘きこととペテン師の舌のごとく。ウイスキー、滑らかなることとアイルランドの機智のごとく。

つくり方　まず台つきウイスキーグラスを暖める。アイリッシュ・ウイスキーを½オンス注ぐ。さらりとした生のアイルランド・ウイスキーに限る。角砂糖を三個くわえる。濃いブラック・コーヒーをグラスのふち1インチのところまで満たす。砂糖を溶かすため掻き混ぜる。グラスのふち一杯にクリームを入れる。上に浮くように、クリームはかるく泡だてておくこと。

注意‼　クリームはかきまぜず、それをとおして熱いウイスキーとコーヒーを飲むのが最上の風味。

人生はおもしろいか

盲目の歌うたいが壁によりかかって、手回しオルガンを弾きながら、暗い街角で歌っている。

ロバと王様とわたし、明日はみんな死ぬ。
ロバは飢えて、王様は退屈で、わたしは恋で。

詩人のプレヴェールが台本を書き、ポール・グリモーがつくったアニメーション映画の傑作『やぶにらみの暴君』にでてくる歌うたいだ。ときどきその盲目の歌うたいのことを思いだす。盲目の歌うたいが歌うような詩を、猛然と聴きたくなる。路上の歌うたいの影像が言葉のなかに、確かに見えてくるような詩が。

そんなときには、ドイツの歌うたいの詩人ヴォルフ・ビーアマンの歌をよく聴いた。

ビーアマンの歌はすばらしかった。どんなに聴きつづけても倦《あ》きなかった。耳に大通りの響きが伝わる。電車が走る。声々がざわめく。耳もとでギターの弦がぼろんと一つ鳴って、それから烈《はげ》しく掻き鳴らされ、歌がはじまる。

「うんざりだ！」きれいな肺がつくった太い声が歌いだす。疲れたときに聴くと、思わず背骨がまっすぐになる。ビーアマンの詩と歌を知ったのは、いまは亡いドイツ文学者の野村修によってだった。ビーアマンの詩を読んで、その歌のレコードが日本で手に入らないのを口惜しがっていたわたしに、テープにいれて送ってくれたのだった。東西を分けたベルリンのみにくい壁のあった時代に詩を発表しはじめたビーアマンは、たちまちのうちに同時代の声を代表する詩人となった。ヴィヨンを「わが兄貴」とよび、ハイネを「わが従兄弟《いとこ》」とよんだ、二十世紀後半のパイドパイパー（笛吹き男）の一人だった。

歯切れのよいビーアマンにくらべると、甘く暗いが、カナダの歌うたいの詩人レナード・コーエンの歌も、「盲目の歌うたい」の歌を思いださせるような歌だった。もう一人「盲目の歌うたい」を彷彿《ほうふつ》させるボブ・ディランとともに歌の風景を変えた一人であるコーエンは、奇妙にも日本ではそれほど知られないままになったが、その「愛と憎しみの歌」などは、聴きかえすほどに身がやわらぐような歌だ。歩きながら歌い、街角から街角へうつってゆくような砂男、眠り男のような歩行のリズムが、コーエンの歌の魅力だった。

声低く歌う北国の遍歴芸人だ。けっして叫ばない。ささやく。単純な歌なのだが、怒りをひそめるその歌には、影に影を重ねるような、微妙な複雑さが匿されている。弦楽器と女声コーラスをバックに多用するコーエンの歌は、ふしぎにエロティックで不透明だ。「マリアンヌ」という歌は忘れられない。いまこのカナダの「盲目の歌うたい」は、何をどのように歌っているだろう。

路上の歌をうたう詩人たちの歌には、何にも比すべきものがない魅力がある。耳を純潔にし、肺臓をきれいにし、口臭をぬぐいとってくれるような言葉が、そこから聴こえる。

いまはこむらがえりした言葉が多すぎるのだ。こむらがえりにやられたら、まず二本足でじっと立ってみることが肝心だ。言葉がこむらがえりしたきりの時代のどこかに二本の足でじっと立つ、「盲目の歌うたい」の詩人たちがいる。そう考えるとはげまされる。

一度聴きはじめると、繰りかえし聴き込んでしまう。そんな長い――ときには半日も聴いてしまうことがある――一人だけのコンサートの最後の歌は、いつも決まっている。ボリス・ヴィアンの「戦争嫌い」だ。
「戦争嫌い」というヴィアンの歌は、聴くたびに胸にこたえる。パリの街角の天才というべき言葉の使い手だったというヴィアンは、「優しさ」をこそひとのもっとも過激な武器として生きた、二十世紀の戦争の後の時代の「盲目の歌うたい」の一人だった。だが、ジャズ・トランペットを吹きまくり、言葉で悪い時代をとことんからかい、『日々の泡』というおそろしく素敵な小説を書くと、あっという間もなく三十九歳で急死してしまった。路上の歌うたいにふさわしい、こんな問いだけをわたしたちの耳に遺して。

きみの人生はおもしろいか。きみの人生は生き生きとしているか。
ぼくは断乎《だんこ》として、この二つの質問をきみに提出する。

ある朝、突然

ダニエルは思った。おれは毎日なんて甘ったるい生活をしてるんだろう。悪とすれすれのところまでいって、何でもやった。けれども、不満を満足に変えることはできなかった。結局おれは何もわるいことをしたことがない。そう考えると、無力感に囚われた。

おれの生活には何かが、悪が、決定的に欠けている。悪をじぶんのものにできないでいて、どうして自由だなんていえるだろう。

三びきの猫と暮らしていた。猫のほかに友人はいなかった。猫だけが信じられる。ダニエルは猫たちを深く愛していた。

ある朝、突然ダニエルは跳びおきると、心に決めた。猫たちを殺そう。猫たちを殺すことは、悪だ。猫たちを殺して、悪を手に入れるのだ。

その考えは、ダニエルを熱中させる。今朝のうちに殺ってしまおう。そうすれば、おれはほんとうに恥知らずになる。とりかえしのつかないことをしてはじめて、おれの生活はもう逃れようのない決定的なものになるだろう。

ダニエルはおおきな柳のバスケットに三びきの猫を詰める。セーヌ河。河岸の冷たい石段にすわって、ダニエルは紐をとりだす。石塊とバスケットをむすぶ。右手にバスケット、左手に石塊。同時に、河のなかに落とすのだ。

「さようなら、この世のなかでおれが一番愛したものたちよ」

たちまち味のないセーヌの泥水が、バスケットを涵《ひた》すだろう。猫たちは籠のなかで爪で引っ掻きあい、沈みながら、戦いながら、もがきながら、死んでゆくだろう。

ダニエルは、しかし、そうしなかった。できなかった。身を屈め、紐を切った。おれは卑小な人間だ。ダニエルは思う。何一つ決定的なことができないんだ。卑怯者だ。

その夜、ダニエルは部屋でカミソリを見つめる。自殺するのだ。ペニスを真っ赤に切り落として。そうすればもう、とりかえしはきかない。けれども、ダニエルは自殺できない。カミソリを投げだす。部屋を飛びだしてゆく。

ダニエルは夜の街を駈けてゆく。

何一つ絶対に決定されない生活。

駈けるしかできない。

できるだけ遠くへ、そして人びとのざわめきのなかに沈み、他人のなかの一人の人間にしかなれないのが、おれだ。

J・P・サルトルの『自由への道』（佐藤朔・白井浩司訳）のなかの短い挿話である。しなやかに音もたてず、影のように、猫が道を走る。街に猫の影を見るたびに、このどこかにダニエルの物語がよみがえってくる。

とりかえしのつかない生活を夢みては失敗しつづける男の話。猫を愛し、猫を殺せなかった一人の男の物語。それは、ダニエルのようにしか生きられないだろう一人一人の、いまなお変わらない哀切な影のようである。

マーロウと猫

レイモンド・チャンドラーは猫が好きだった。「私は猫がきらいな人間をどうしても好きになれなかった」。死後に編まれた『チャンドラー語る』（清水俊二訳）という本のなかに、そんな言葉が遺されている。チャンドラーの相棒は、黒いみごとなペルシア猫だった。チャンドラーは気むずかしく批評家ぎらいの作家だったが、この黒猫だけは唯一の信頼しうる批評家だったらしい。

いつも机のすみに座って、静かに窓の外を眺めていて、作家が一冊の物語を書きあげるたびに、黒猫はふうっと溜め息をもらした。「ねえ、あんたはもっとうまく書けるはずだよ」。チャンドラーの『大いなる眠り』にはじまる忘れがたい私立探偵フィリップ・マーロウの物語は、この黒猫のかたわらで、次々に書きつがれたものだった。フィリップ・マーロウ。孤独でしがないロスアンジェルスの私立探偵。チャンドラーのマーロウ物語には、世界を見る、鋭くあたたかな一瞥《いちべつ》がある。

四十五口径ピストル。

「誰だ、誰だ」と叫ぶ鸚鵡《おうむ》。

首に氷かきを突立てられて死んでゆく男。

淋しい女。

貧して空しく、くだらない心配事に苦しむものたちの世界を、マーロウという私立探偵の目をとおして、チャンドラーは巧みに語った作家だった。

ミステリーの数ある魅力的な探偵たちのあいだでも、マーロウの魅力は際立っている。マーロウはひとを酔わせない。醒まさせる。人と人のあいだにどうしたってある一歩の距離をマーロウは生きてみせて、冷たいメランコリーの影を読むもののこころにくっきりと落とす。

人と人のあいだに生じる癒しがたい葛藤は、マーロウに言わせれば、人と人のあいだの一歩の距離を埋めようとして失敗した物語にほかならないのだ。

チャンドラーのつくりだしたマーロウという男のふしぎな魅力は、どこからくるのか。幾度か問いかえして読みかえすうちに、ある日、気づいた。――私立探偵になった猫。それがフィリップ・マーロウなのだった。

猫は、人との一歩の距離を生きる生きものである。

「猫はあまり明るいところのない生活のなかであなただけが唯一の光明であるみたいにけっしてふるまったりしないのだ」

猫についてそのチャンドラーの言葉は、そのままマーロウという一人の孤独な私立探偵の誕生の秘密を語っている。

事件が終わる。するとマーロウはいつも決まって「人びとの眠っている世界」へとかえってゆく。「眠っている猫のように危害のない世界に……」。

チャンドラーを典型とするとハードボイルド・ミステリーは、すなわち、猫科の文学なのだ。

バーボンの飲み方

ただ一字、Eがあるかないかだ。ウイスキーは、スコッチであればwhiskyだ。バーボンはちがう。whiskeyだ。ただの一字にこだわる。そのあたりがいかにもバーボンらしいのだ。

北米は南部産のトウモロコシのウイスキー。禁酒法の時代の密造酒のしたたかな伝統を汲むウイスキーだ。いまもマウンテン・デュー（山合《やまあ》いの露）と愛称されるバーボンには、どこか土くさくて頑固で、それでいて陽気で、人なつこい雰囲気がある。

バーボンなるウイスキーをはじめて知ったのは、映画でだった。『ミスタア・ロバーツ』。オンボロ輸送船に乗りくんだ男たちの、退屈な日々との戦いをえがいた痛烈な物語。なかでも無聊《ぶりょう》をやっつけるべく医務室から掠《かす》めた薬用アルコールで密造されたウイスキーを、仲間に飲まされてさんざんに酔っぱらう海軍少尉ジャック・レモンには、大わらいしたものだった。それがバーボンのつもりのウイスキーだったとおしえられて、バーボンの名をはじめて知った。

そのときのジャック・レモン式バーボンの飲み方は、佐治敬三の『新洋酒天国』という本にくわしく記されているが、次のごとしだった。

㈠まず薬用アルコール一壜。いささか強すぎるので、適宜飲みごろになるまで、水で薄める。

㈡苦味チンキ少々。やや苦いのが玉にキズだが、結構いける。ヨードチンキをくわえるも可。

㈢色つけにはコカ・コーラを用いる。さしずめ十二年ものぐらいの色あいにすること。コカ・コーラの香りも、バーボンに似ていなくもない。

㈣それでもなお物足りない向きにはスパイスをくわえる。のぞむらくは、コショーを少々。

名にしおうマーク・トウェインの国のウイスキーであるバーボンに欠かすことのできない味は、ぴりっとした冗談である。

バーボン・カントリーが生んだウィリアム・フォークナーは、おそろしく真摯《しんし》な物語を書きつづけて読むものを圧倒しさった作家だったが、こよなくバーボンを愛した男だった。バーボンを愛した酒飲みにふさわしく、その名のただ一字にこだわった。フォークナーの本名は Falkner ――筆名は Faulkner である。

書く仕事が苦痛になると、作家は終日ベッドで、バーボンを飲みつづけたらしい。見かねた家人がアイス・ティーをつくり、ウイスキーを混ぜ、だんだんウイスキーをへらし、ついにはアイス・ティーだけで十二時間。

「だめだ。おれはどうしようもない酔っぱらいだ」。作家がうめく。

「アイス・ティーに酔ったのね」。家人が言う。「十二時間それればかり飲みつづけよ」。

それを聞いて、作家はがばと起きあがる。晴ればれという。「じゃ、仕事をしよう」。

仕事に必要なものは何かと訊かれて、フォークナーは言った。

「鉛筆と紙だけさ」

そしてすぐ、言いあらためた。

「いや、紙、煙草、食事、それとウイスキーもだ」

ウイスキーはバーボンにかぎるかという質問にこたえた作家の言葉は、名せりふとして知られる。

「かぎらないさ。スコッチだって、何もないよりましだ」

バーボン、北米のありふれたウイスキーだ。ありふれたものをすばらしいものに変えるのは、つねに愛着である。

真実など無用

　ぼくの妻がヌードになった。ある日突然、前衛ヌードショーのオーディションを受け合格したのだ。いまは毎晩、乱交シーンの演技をつづけている。ぼくは離婚しようとした。だが妻は応じないし、弁護士は、公衆の面前での性交の演技が離婚の理由として裁判でみとめられた先例はないという。では、妻がヌードになりたいというとき、男はいったいどうすればいいのか。

　いったいどうすればいいのだ。ジョン・チーヴァーの『妻がヌードになる場合』（西田実訳）という物語は、いきなり、そんなささやかだが解けそうもないような難問にはじまる。

　思わず、笑いださざるをえないはじまりだが、主人公は大まじめだ。当惑は苦しみに変わり、苦しみは深まる。ところが、そうなればなるほど、男の苦しみはますます滑稽なものになってゆく。

物語作家はそこに、わたしたちの日常において苦しみなどというものがいかに滑稽なかたちしかもちえないかを、冷静な筆致で、実に巧みにえがきだす。

妻にヌードになられた男の苦しみは、孤独の表現だ。ところが、わたしたちの日常において孤独は、もはやスキャンダルでしかありえなくなってしまったのだ。

わたしたちは誰もが「ゆたかな日常」という絹の靴下を穿いて、孤独をうつくしく包みかくしている。だが、絹の靴下を穿いたどんなみごとな脚も、破れ目が一本走っただけで、たちまち惨めなほど滑稽な脚になってしまうだろう。そのように、どんなゆたかな日常さえも、破れ目が一本走っただけで、たちまち惨めなほど滑稽な日々に変わってしまうのだ。

「難問の解決にはもはや真実などは無用だと考える」日々のイメージに、わたしたちの世界は冒されている。それに対して、チーヴァーが何くわぬ顔で差しだしているのは、瞬時にして苦しみを滑稽として負わねばならない破目に陥るような、普通の人びとの日々のイメージだ。

安心と寛《くつろ》ぎの世界を細心に引き裂いて、チーヴァーは、わたしたちのもつ「安心」や「寛ぎ」といった物の言いようの坐り心地のわるさを、およそ透明な言葉にくっきりと浮き彫りにしてみせる。

口にだしてはいけない孤独を口にしたばっかりに、滑稽なじぶんにむきあってしまった、心やさしい人たちの物語。

『妻がヌードになる場合』は、さんざんに破れ目の走る絹の靴下を穿いた、人生というつくしい女についての、ふしぎな気分をのこす短篇からなる。一つ一つ読むうちにドキリとして、一人うろたえる。ページから目をあげて、あたりをそっとうかがわずにはいられなくなる。その腕の冴えには、『橋の上の天使』（川本三郎訳）として後にでたもう一冊の短篇集を読むと、さらに愕然とする。

わたしたちの日々の底にひそむ非現実性をとりだしてみせる洗練された手さばきにかけて、チーヴァーは、いかにも二十世紀後半のアメリカ文学を体現した物語作家だった。『ワップショット家の人びと』『ワップショット家の醜聞』『ブリット・パーク』、それに胸に沁みる『ファルコナー』。一九八二年、チーヴァーは書くべき物語をすべて書き終えてから、穏やかな死を死んだ。

ひとは、この世でエピソード以上の人生を生きることはできない仕方で、のっぴきならず一個の歴史を生きてしまう。チーヴァーはそうした秘密をよくよく知りぬいていた。

サッドネスという人生の卵を心臓で暖めつづけた物語作家だった。おもしろいとただ一言呟かせて、あとは完璧に黙らせてくれる。派手さがみじんもなくて日本ではひろく関心をあつめないままだったけれども、何が何でも絶えず耳目をおどろかせてきたノーマン・メイラーのような作家より、チーヴァーという名の寡黙な作家のほうが、いつもずっと気になった。人にわかってもらえない歯痛のように。

親しく思いだす人

鋳掛《いか》け屋のトム・ハイドは、絞首台で人生を終えた男だった。絞首台に立ったとき、何か言いたいことはないかと訊かれて、トム・ハイドは答えた。「裁縫師たちに、最初の一ト針を縫うまえにその糸に結び玉をつけることを忘れるな、と言ってくれ」。そう言いのこして、鋳掛け屋は死んだ。百年まえの北アメリカの話だ。

ずばぬけたとか、とびぬけたというのではない。どんなヒーローでもない。むしろ目立たず、さりげない。けれども、そこにこういう人がいたという記憶を、こころのどこかに鮮やかにのこすような人がいる。鋳掛け屋のトム・ハイドのような人がそうだ。絞首台の上の鋳掛け屋の話は何でもない話のようでいて、あとになってふと気づくと、いつかくっきりと胸に印画されている。

鋳掛け屋のトム・ハイドの話は、ヘンリー・デイヴィッド・ソローの『森の生活』（原題はWalden。ただし、日本語訳は原著の副題による「森の生活」として親しく定着している）にでてくる。

ソローはマサチューセッツ州コンコードの森に、手づくりの小屋を建てて二年あまり一人で暮らして、『森の生活』を書いた。『森の生活』は、「人生でないものを生きたくなかった」一人の書いた無比の書だ。

われわれをして一日を慎重に過ごさしめよ、とソローは言った。死ぬときに生涯をかけて溜めこんだゴミを蹴とばす。そんなふうに手の込んだやり方でむだづかいしてその日その日をやりすごしてしまうのだとすれば、わたしたちは死ぬときになって、じぶんは生きなかったということを発見するというようなことになってしまうだろう。

人生というのは、一日一日を「断乎とした一日」として、じぶんの身にもつことだ。「人生でないものを生きたくなかった」ソローのことをいま、ここに思いだすとき、わたしはいつもその本のなかで出会った、じぶんに言いうる平凡な真実を言い、どんな揚言麗句もじぶんに必要としなかった絞首台上の一人の鋳掛け屋のことを、親しく思いだす。そうして、わたしたちのいま、ことという場所を明るくしているのは、いつだって、そこにそういう人がいたという、それぞれの親しい記憶なのだということを考えるのだ。

II

窓

はじめに言葉があり、街の言葉は窓だった。

街は窓でできている。窓のない街はない。街とよばれるのは、窓のある風景なのだ。ひっそりと閉じた窓がある。高い窓がある。日覆いを深く下ろした窓がある。窓から通りを見ているひとがいる。影のようにいつまでも窓辺に立っている。曲がった道には曲がった窓がある。こころの傾くような、傾いた窓がある。ほとんど通りにくっついた窓には、羞《はにか》んだ表情がある。

いつでもぴったりと閉まった暗い窓。その窓が開いているのを見たことがない。いつもとおなじにぴったり閉まったままのその窓に、赤い花の鉢植えが一つ、ある日置かれていた。それまでその窓に、花を見たことはない。赤い花の赤い色が、目に新鮮だった。不意をつかれた。そんな気がした。通りすぎて、もう一度ふりかえった。日の光りがその窓のところでくるくるまわって、スーッと赤い花のうえに落ちてゆくのが見えた。

　いつもの通り道に、その界隈でもっとも古いマンションがある。窓が十四あるマンションだ。その十四の窓の一つ一つに、十四個のたがいに見知らぬ同士の見知らぬ日々が、一つずつ詰まっている。平凡で、ありふれていて、変哲もない十四の窓の一つ一つのむこうにある日々は、誰にとっても、おそらくその部屋をでてゆくまでの暮らしであるにすぎないだろう。部屋を借りているのだが、ほんとうは部屋を借りているのではない。部屋を借りる仕方で、借りているのはじぶんの人生だ。長距離の寝台列車のような、途中の暮らしだ。わずかな荷物をまとめて人生を乗りかえるまでの、とりあえずの時間。

　とりあえず一日が終わる。とりあえず朝になる。とりあえず雨の日がある。

　その部屋に新しく移ってきたのは、若い女だった。灰色のままだった窓のむこうに、女は明るい枯葉色のカーテンを引いた。そしてある日、枯葉色のカーテンをとりはずして、またどこかへ移っていった。住むひとが変わると、カーテンが変わる。赤いカーテンが、ある日青いカーテンに変わる。横縞のカーテンが、ふと気づくと、取りはらわれている。そうして、小花模様のカーテンになる。またどこからか誰かが移ってきて、そして荷物をまとめて、誰かが黙ってその部屋をでていったのだ。

窓には人生の表情がある。明るい窓には、明るい表情がある。淋しい窓のつづく淋しい街を通ってゆくと、むこうから淋しさがやってくる。窓のかたち。窓のたたずまい。窓の表情。窓にひそむ気配。そんな窓の一つ一つに、その街にしかないような街の雰囲気がある。

街につづく窓をみれば、その街がどんな街か、わかるのだ。窓は、無言の言葉をもっている。変わりやすい街が窓からいつも変わってゆくように、古い窓には、古い街の歴史がのこっている。

知らない窓からなる親しい街。幼いころ、街の知らない窓が、ひどく怖かった。知らない窓のむこうには、おおきなミミズクが棲んでいる。そう信じていた。窓いっぱいほどもある顔をもつミミズク。そのミミズクの尖った二つの目が、知らない家の知らない窓のむこうから、こちらをじっと烈しく見つめている。いつもどこかで、ミミズクに見つめられているような気がしていた。

ミミズクではなかった。知らない家の知らない窓のむこうにあるのは、知らないひとの知らない暮らしだった。街につづく窓は、算えることができない。その算えられない窓とちょうどおなじだけ、街には、たがいに知ることのない暮らしがある。

その少女は二階の部屋に移って間もなかった。一人でひっそりと暮らしていた。目立ったところもなく、無口だった。少女は窓に、黒いカーテンを引いた。真っ黒のカーテン。そのために少女の部屋は、まるで暗室のように見えた。そのカーテンを、少女は一度も開けたことがない。そうして昼も暗くしたままの部屋で、後で話を聞いて知ったことなのだが、少女は誰にも秘密にして、一羽のミミズク（だと思う）を飼っていた。

ある日曜の朝、一階に住む家主の老人が用事で、少女の部屋を訪ねた。そして、真っ暗な部屋のなかに、光る二つの眼にぶつかって、肝をつぶした。ミミズクがびっくりして、ぞっとするような声で鳴いた。たぶん保護鳥であるミミズクは飼うことをゆるされていない。でてもらうしかないと言われて、少女は黙ってうつむいた。涙がすーッと落ちた。抗弁しなかった。

人生にどんな夢を飼っていようと、ひとはとりあえずの場所と日々に追われる。次の日曜の朝、少女は窓の黒いカーテンをはずした。荷物は、古いおおきな革のトランクが一つきりだ。トランクをひきずって、腕に黒布につつんだおおきなもの、ミミズクの鳥籠をかかえて、少女はその部屋をでていった。うつむいて、どこか別の街、別の部屋へ。

街は、そのむこうに知らないひとの暮らしがある、たくさんの親しい窓でできている。

街の噂

「ひとの口に戸は立てられない」と言う。「火のないところに煙は立たない」と言う。いつもどこかに、何かの噂がある。噂をする。噂が聴こえている。

噂というのは、とても奇妙だ。噂の好きなひとは、噂をつたえるために、噂を聴く。噂なんてきらいだというひとは、黙って噂を聴いている。好ききらいを越えて、噂はわたしたちにとても親しい。

噂というものが、どうしてそれほどにも親しく、身近なのか。噂に親しむ動物が人間である。そんな定義の一つもくだせそうだ。たぶん噂なしにはやってゆけない部分というものが、わたしたちのあいだには避けがたくあるのだろう。だが、それほど親しいものでありながらも、噂の言葉はまた、およそのぞましからぬ言葉のように思われている。

噂はわるい言葉なのだ。つまり、「滅多なことをいうものじゃありません」というふうに、ひどく親しまれていながら、同時にまた、ひどく芳《かんば》しからぬものとみなされているのが、噂である。

噂は、文字で口を尊ぶと書く。表意文字とは楽しいものだ。噂は啤とは書かない。とすれば、噂とはわるい言葉だ、口を卑しめる言葉だという通念こそ、もっと疑われてしかるべきであるかもしれない。

噂がわるい言葉だとされるのはそうだとされるからで、噂がわるい言葉だというような通念がゆきわたることがねがわしいものがそうのぞんでいるからだ。そう思いめぐらすこともできるからだ。

実際、噂がどんなわるい言葉とされても、それでもやはりわたしたちは噂に事欠くことがない。ひとの口に戸は立てられないからだ。

噂がわるい言葉だと言いたいひとは、つまりひとの口に戸を立てたいとねがっているのだ。逆に言えば、噂というものにはどうしても戸をはずしてしまうような力がひそめられている、ということである。

世に戸締りをすることをもって道徳となす人びとには、戸がたてられないばかりか、戸を引きはずしてしまうような噂のたぐいはねがわしいものではない。火のないところにはやはり煙は立たないからだ。

　世の戸締りをのぞむひとにとっては、まず戸をつくり、ついで戸締りをよくし、それから戸の後ろで火をいぶし、きなくさい煙は見えないように外にだしたうえで、物言うくちびるが寒くなるようにすることがねがわしいのであり、火のないところに煙は立たないと信じる噂のたぐいは、どのようにも斥《しりぞ》けたいのだ。

　というのも、噂はどうやっても洩れだして聴こえてしまうか、つとに聴こえて千里を走ってしまう、そういうものだからだ。世に戸締りをすすめる向きが噂の聞きこみからはじめて、情報が「その筋」や「あの筋」から洩れることをきらって、根も葉も見えない噂の、根をも葉をもむしりとることをねがうのも、きっとそのためなのだろう。

　しかし、どんなに戸締りがのぞまれようと、噂は、時代の密室では生きられない人びとがどうしても見つけてしまう、密かな隙間のようなもの、隙間風によって運ばれてくる密かな酸素にほかならないものだ、と思う。

　あたかも空気のように、よい噂わるい噂を吸ったり吐いたりしながら、そうやって、わたしたちは噂を親しく呼吸することによって、じぶんの時代を感じている。そして、風を感じるなら隙間があり、隙間があるなら戸があって、戸があれば戸ははずせるのだということを、あるいはしたたかに、あるいはしんみりと、あるいは漠然と、あるいは無意識のうちに、いつも密かに確かめてきたのだった。

だから、噂は、世の閉塞がつよまればつよまるほどに、むしろいっそう迎えられてきたのだった。

だから、危機の時代や独裁の時代に、噂は、ほとんど表現の唯一の方法としての役割をになわなければならなかったのだった。

だから、噂という公然と匿《かく》された自由な表現を封じる噂狩りが、いつの世にもまたおこなわれてきたのだった。

噂のありようには、だから、のぞもうとのぞむまいと、つねに支配するものと支配されるものとの関係が、支配されない言葉という言葉のあり方を、こころの目安にしてうつしだされている。

もちろん噂には、故意にながされる噂もあれば、意識的なデマもある。流言妄言いりみだれるのは噂のつねだけれども、噂は、もともと疑って聞く話だ。嘘だと思って聞く話である。それゆえ、噂を疑うことなく噂を真にうければ、噂に踊るしかないのも、噂の言葉だ。

にもかかわらず、噂が口から口へとたどられる持続力をもちえねば噂たりえないこともまた確かで、そのとき噂の持続力をささえうるものとは、その噂がほんとうかどうか、ではなく、噂を口につたえてゆく無名の話し手が、どれだけ噂の言葉の外側についに語られないほんとうのことを感じることができるかどうか、なのだ。

噂はありそうでない話でもないし、嘘のようなほんとうの話でもないのだ。一歩その外へ踏みだしたならほんとうの話になるかもしれぬ噂の話である。口にだしたら嘘になってしまうほんとうのことを、口にだしていうのが、噂だ。だから、一歩その外へ踏みだしたならたちまち嘘になってしまうほんとうの話に絶えず冒されているわたしたちに、嘘だと思って聞く噂は、親しく息つけるものとなる。

嘘と思って聞くことのできない、パニックをこころに生ぜしめるような流言飛語とは、そこがちがうのだ。流言飛語は聴くものの想像を閉ざすが、噂はさらに想像を誘うのだ。

嘘をいかにもほんとうのように言いなおす、ただの嘘は信じない。好きなのは、どこまでも滅多な話としての、街の噂だ。歴史の噂に思わず突きささってしまうような、街の噂だ。時代の生理としての噂である。

街の秘密

目立たない。見つけにくい。見つからない。ゆっくりと見つければいい。そうは言えない。とっさの用に必要なので、とっさの用にしか必要でない。とっさの用にせまられると、人混みのあいだで突然不自由になる。見つけねばならない。見つからない。どうすればいいか。どうしようもない。公衆便所がどこにあるか。とっさに思いだせるのは、よく知った街だ。知らない街というのは、公衆便所がどこにあるのかも知らない街だ。

どこで、どんなところで、用を足せるか心得ている。その心得ているどことどんなところとは、めいめいの街とのかかわり方、街での動き方に、避けがたくむすびついている。

どんなところでとっさの用をすませているか。めいめいの身のありどころを、そのことが語らずして語ってしまう。何でもないようで、それはそれぞれの公衆としての場のもち方につながっている。とっさの用の足し方に、それぞれが一日にもつ行動様式の隠されたヒントがある。

賑やかな街のガード下の公衆便所で、少女が一人、ひっそりと死んだ。内側から鍵を掛けて、壁に寄りかかって死んでいた。自殺だった。

死が発見されたのは、五日後だ。睡眠薬の空き箱が転がっていた。新聞で読んだ。わたしもよく知っている街の公衆便所での出来事だった。

じぶんを見つけねばならない。見つからない。ゆっくり見つければいい。そうは言えない。とっさの用が自殺だったその公衆便所の一人の死は、あたかも今日の寓話のようだ。

公衆便所には、街の秘密がある。それは誰でもの場所であって、一人だけの場所だ。誰ともおなじ一人であって、誰ともちがう一人。誰もがちがった一人であって、誰もおなじ一人。そうした公衆のありようというものを、公衆便所は端的に語っている。

公衆便所といって、公共便所とはいわない。風呂と電話と便所にかぎって、公衆という言葉がつかわれる。そこにはパブリックの本来の意味がある。公衆という言葉がそういうふうにしか、そうしたところでしか根づくことがなかった。そこにこの社会のありようの秘密が、巧まずして見えてくるようだ。すなわち、公共のみがあって、公衆がいない。

「われらが勝利をおさめた暁には、世界の首都という首都に、われわれは純金の公衆便所を建てるだろう」。そう言ったのは、二十世紀の一人の革命家だ。ロシアの、レーニンだった。だが、革命の暁に、革命家は死に、ミイラとりは、ミイラになってしまった。

　革命の国はすでになく、純金の公衆便所なんかどこにもない。世界のどこの街にも、なかなか見つからないただの公衆便所があるだけだ。

曲がり角

曲がり角は神さまのものではない。なぜならそこは、先が見えないところだからだ。先が読めない。さりげなくみえる曲がり角でも曲がってみるまでその先はわからない。角を曲がってはじめて、どんな道にでてきたか、どんな街にまぎれこんだのか、はっきりわかるのだ。角を一つ曲がっただけで、考えもしなかった状景のなかへはいりこんでしまう。曲がった道がとんでもない方向へそれてゆく。そのまま連れてゆかれる。何でもない道がただなんとなくつづいているだけだったら、すぐまた次の角を曲がるのだ。

まっすぐの道をゆくように、曲がり角をゆくことはできない。曲がり角では先を急ぐことができない。

歩をゆるめる。立ちどまる。待つ。それから角を曲がるのだ。できるかぎり早くというのがまっすぐゆく道の思想ならば、必要なだけゆっくりというのが、曲がり角のもつ思想だろう。どうしようもない街のせわしさを、そこでカットする。歩行にゆっくりとしたテンポをつくりだす。それが曲がり角なのだ。

曲がり角には、ゆっくりとしたテンポをじぶんにとりもどすためのチャンスがある。

まっすぐの道はゆかない。先の見えないほうへ曲がり角を曲がる。どんな曲がり角も、ここからそこへ急ぐ道とはちがった道への入口なのだ。

ゆっくりとゆく道への入口。回り道としての道への入口。

曲がり角を曲がる。もう一度曲がる。するともうそこは知らない道だ。よく知っていると思っていた街に、まだこんなにも知らない道があったのだ。ときには道であみだをする。曲がり角がきたらかならず曲がるのだ。そしてゆくべきところへゆきつけるかどうか。街のあみだだ。

あるいは、角を曲がって、一つずつ解いてゆく。街というクロスワード・パズル。いくつもの曲がり角でつくられている街のクロスワード・パズルだ。一つの道すじから、角を曲がって、べつの道すじにでてゆく。曲がり角を曲がって、ヒントを見つけて、街をクロスワード・パズルとして解く。街のクロスワード・パズルがくれるのは、いつだってその街だけがもつ街の秘密なのだ。

角を曲がる。先の見えないほうへ、曲がり角を曲がる。すると、ありふれた周囲がゆっくり密《ひそ》かなおどろきにみちて変わりだす。

看板のむこうに

その仕事を罷《や》めようと考えている看板職人に聴いた話である。

ミュージシャンになりたかった未成年の少年がいた。少年はその職人の下ではたらき、一日中、街の看板を塗りかえていた。ラジオの音楽を相棒に、一人でぽつんと仕事をしていた。ハロー、グッドバイ。ハロー、グッドバイ。すばやい早さで、少年はその文句を繰りかえし画いた。ハロー、グッドバイという言葉をならべて、べつの文字を画いた。それからぐいッと、一気に、ぜんぶのハロー、グッドバイを塗りつぶした。あとには何の変哲もない看板の言葉だけがのこった。塗りかえられた看板は、どうともない平凡な看板。そのつまらない文字には、しかしそいつの本気の思いが、誰にも気づかれないまンま塗りこめられてるんだ。

職人は話を継いだ。

女の左目のなかに住むって、どんな気もちかわかるかい。彼はほんとうに女の左目のなかに住んでいるのだ。彼の住む高架電車沿いの高層住宅の窓のない側壁に、おおきな看板がある。美しい女がわらっている。その左目の裏側が、彼の部屋なのだ。深夜の電車の窓から、微笑している美しい女の顔が見える。あの左目のなかへ、これから帰る。そう思うと、じぶんがみるみる小人に変わってゆくような気もちに襲われる。憂鬱な日には、ああ、永遠にわらっているだけの女の左目のなかで、このおれはうんざりするほど憂鬱だって、まったくそう叫びたくなる。

職人はわざとのように大声で笑い、黙った。

街の看板は、本棚の本の背文字に似ている。読まれることのないそれぞれの生きようを、そのむこうに匿しもっている一冊の本の背文字。

看板のむこうに、人生というふうによばれる一冊の本がある。その本の一行としての一日がある。

街は、街という本棚なのだ。

薬と自由

ある女の友人に聴いた話である。

薬なら何でも彼女はもっている。風邪の薬。心臓の薬。血管の薬。カルシウムの薬。咽喉《のど》にやさしい薬。目薬。痛みどめ。虫の薬。こころをなだめるための薬。机のうえ。本棚のすみ。鏡台とバスルーム。下駄箱。どこにもいつも、薬がかならず一つ二つころがっている。粉薬。粒薬。煎じ薬。錠剤。カプセル。白い薬。赤い薬。茶色の罎。緑の罐。

けれども、彼女はそのどの薬も、ほとんど使ったことがない。病気らしい病気をしたことがない。頭痛も、貧血も知らない。歯医者で親シラズを抜いてもらったことが、一度あるだけ。そのときも、痛みに苦しんだりしなかった。歯を抜いた翌日は、ドーン・アップショウのうたうグレツキの「悲歌のシンフォニー」を、一日中黙って聴いていた。その次の日には、もう歯のことなんか忘れてしまった。

微笑がきれいで、静かな気もちのいい時間以外のものを、日々にもとめない、と言う。一人暮らしである。そう決めて生きてきたのではないが、いつのまにか一人で暮らすくせがついた。

海外のニュースを読んでリファランスをつくるというのが、彼女の仕事だ。雑誌を読む。新聞を読む。外電を読む。楽しい記事を探して、簡潔な日本語にする。

リンゴの皮をくるくるむいていって五メートルの剝き皮をつくった北米オハイオ州の少女の話。イスラエルの砂漠の真ん中で、ある日なぜか溺死体が発見された話。あるいは、映画『ライムライト』でチャップリンがつけた付け髭は、いまどこにあるか。

微苦笑を通して世界を見るその仕事を、彼女は大切にしている。いつもきちんとした身だしなみをくずしたことがないが、彼女のペンダントはひどく風変わりだ。カプセルの風邪薬でつくったペンダントだ。指輪も薬だった。白い錠剤の指輪だ。そんなにも彼女が薬に憑かれている理由がわからなかった。彼女はいつだって、バラ色の健康にめぐまれていたのだ。薬好きとは思えなかった。

なぜそんなに薬が大事なのかと、一度訊ねたことがある。どうしてでもないのよ。ただの厄除けよ、病気しませんようにって。それからちょっと羞むように言いたした。

一人暮らしは自由で、気に入ってる。どんなことも、どうでも一人でできるし、一人でいることはとてもいいことだから。ただ一つだけ、どうにもできないことがある。

一人でいる自由ってどんな自由か、わかるかしら？　突然病気になったとき、夜、代わりに薬を買いに走っていってきてくれる誰もいない自由のことよ。

静かに狂う

友人から聴いた一人の女のひとの話である。

彼女は古いヴァイオリンをもっている。ヴァイオリンを弾かなくなって、もうずいぶんになる。少女のころは、毎朝二時間ずつ弾いた。いまは黒いヴァイオリン・ケースから、ヴァイオリンをとりだすこともない。

ヴァイオリンは、ふしぎな生きものだ。たとえ弾くことがなくても、日に一度は手で触れてやらなければ、ヴァイオリンは呼吸をとめてしまう。ひとの体温とおなじ体温を、いつでもヴァイオリンは生きていなければならない。そうでなければ、ヴァイオリンは静かに狂いはじめる。

黒いヴァイオリン・ケースのなかにひっそりと蔵いこまれたままの彼女のヴァイオリンは、いまはもうヴァイオリンとは言えなくなってしまった。

ヴァイオリン弾きになろう。交響楽団にはいろう。指揮者が細い指揮棒をサッと挙げる。一瞬、あらゆるものが沈黙する。そしてふいに何もかもが消え去って、響きと光りとがいっせいにふりかかってくる。少女のころ繰りかえし見たまぼろしだ。

もうそんなまぼろしにとらわれることもなくなった。彼女はゆっくりと顔をあげる。右手で動かない左手をそっと押さえる。ある日、左手に激痛がきた。激痛はながくつづいた。ようやく痛みが去ったあとには痺れがのこり、痺れが去ったあとは左腕が動かなくなった。ヴァイオリンをもつことができなかった。

響きと光りのまぼろしが消えた。それっきり彼女のヴァイオリンは、黒いヴァイオリン・ケースに蔵いこまれたままになった。

少女の毎朝のヴァイオリン練習に、近所の青年が抗議にきた。やかましすぎる、と青年はいった。ぼくは音楽は好きだが、ヴァイオリンは神経にさわって好きになれない。チェロならいい。どうしてきみはチェロを弾かないのか。少女は微笑して、青年はそのままかえっていった。

翌日、少女は青年の部屋を訪ねてゆき、二人でメンデルスゾーンの「ヘブリディーズ諸島」（序曲「フィンガルの洞窟」）を聴いた。そして生まれてはじめてキスをした。おずおずとしたとても短いキス。少女は目をつぶらなかった。思いもしない近さに、青年の汚れた髪をじっと見ていた。ヴァイオリンをやめなければならなくなったのは、そのすぐあとだ。

彼女は動かない左腕と、ずっと一緒に暮らしている。いまは、メキシコ風スペイン語を街の学校でおしえている。独身で、ジンライムと猫が好きで、酔うとひどく陽気になる。音楽はもちろんいまも好きだが、ヴァイオリンは聴かない。チェロを聴く。ブルッフの「コル・ニドライ」という曲を聴くと、なぜだか涙がいつもこぼれる。

彼女がヴァイオリン弾きになりたかったなんて、誰も知らない。けれども、誰にも言いはしないけれども、彼女の心の隅っこにはいまも、静かに狂った一つのヴァイオリンが転がっている。

鍵束

歳上の女の友人に聴いた話である。

彼女は鍵をたくさんもっていた。歩くと、いつも鍵の音楽が微かにした。ベルトに鎖でとめた細いおおきな真鍮《しんちゅう》の輪に、門番のようにさまざまな鍵を吊るし、いつも指でもてあそんでいた。もう若くはないのに、いつも変わらないジャンパー・スカートと短く結った髪が、女のなかに少女の影を落としている。結婚はしていない。一人で暮らしている。美術展のためにしっかりしたカタログをつくる仕事をしていた。忙しい仕事である。地方にゆくことがおおい。

そのために、と彼女は悪戯《いたずら》っ子のように言うのだった。用心もあってたくさんの鍵をつくったのよ。ドアを破っても窓をこじあけても、だめなのよ。部屋中のものぜんぶに鍵がついてるんだもの。どんな熱心な泥棒だって、きっとうんざりするわ。だって、タンスの一つ一つの引出しがみんなちがう鍵なんですからね。

彼女はうれしそうに言った。このあいだとってもちいさな木箱を買ってきたの。そしておおきな錠前をぶらさげたわ。だけど、その箱のなかには、何もはいってないのよ。容れるものなんて何もない。

彼女が鍵のいっぱいついた輪をかるくふると、濁った鋼の音がした。その音のむこうに、いたるところ鍵のしつらえられたきちんと整理された、他人の感情を殺した一人の人生のかたちが見えてくるようだった。

彼女とは年に三度か四度しか会うことはなかったし、会うとしても賑やかな街なかのおおきな書店のなかでばったり、というような具合だった。それからコーヒーをあいだにしてなんとなく話しこみ、そして別れるだけの、気まぐれな遠い友人である。

ふしぎな人である。年齢にふさわしい雰囲気を確かにそなえながら、ありえないような少女の感傷をどこかにもち、あくまで潔癖さをくずさないが、その潔癖さに疲れているようなところがあって、放心したまま生きる生き方を択んでいるのが、ありありと感じられた。何かを失った人なのだが、失ったものが何か、彼女は一度も話したことはない。

鍵束は会うたびにおおきくなっていた。

めずらしい変わった鍵が、どこにでもある三文鍵のあいだに、無造作に混じっている。

どの鍵もぜんぶじぶんの心の鍵にほかならないのだろう。とりかえしようもない何かを、いっそう頑なに、いっそう確実に閉じこめるために、どうしても必要とされる、さらにたくさんの鍵。

冷たい鋼の感覚が好きなのよ。鍵は孤独な女の悲しい親友だわよ。いつか彼女は、そう言った。

バスに乗って

街歩きの好きな友人が、エールとよばれる好きなビールを手にすると、かならず管《くだ》まく話である。

街の乗りもので好きなのは、バスだ。親しみやすさから言えば、もっとも親しみやすいのは、路面電車だ。便利さを言えば地下鉄、あるいは高架電車だ。こころやすさならばタクシーだろう。

バスはちがう。親しみやすそうで、親しみにくい。便利なようで、不便だ。まちがいやすい。わかりにくい。バスは億劫だ。なかなかうまく使えない。小回りが利きそうで利かない。時間通りというふうにもゆかない。乗りちがえても、どうにもできない。

不愛想な乗りもの。バスはそう言える。旅にでる。知らない街に下りる。はじめての街を歩くのに、バスを択ぶことは、まずしない。使えない。その街を知らなければ、バスはうまく使えない。億劫な乗りもの。バスがそうでしかないならば、まだその街をよく知らないのだ。

ある街に移って暮らす。だんだんにその街の暮らしに慣れる。もうすっかり慣れました。異国の街に暮らす友人が書いてきた。市中のバスだって、いまは自在です。

どんな乗りものよりもまず街の乗りものであるもの。バスは何よりそうした乗りものなのだ。バスには、街のどんな乗りものにもないような、独得の気分がある。街の気分といったもの。通ってゆく道筋の街の気分を、バスは敏感に呼吸している。

バスに乗る。乗るとすぐにわかる。下町のバスには、下町の気分がある。郊外のバスには、郊外の気分がある。午前のバスには、午前のバスの気分がある。バスに乗ってくる一人一人がその街の性格をかたちづくっている。そのなかにいるという感覚が、つよくのこる。

バスに乗ると、街の名を覚える。古い街の名に、古い街がある。つまらない街の名に、つまらなくされた街がある。一丁目と二丁目をまちがえて下りる。それだけでも、まるでちがう街に下りたってしまう。街の名なんてどうでもいい。いまはそう思われている。ちがうのだ。街の名は、その街の気分に深く根づいている。

タクシーならば、街をすりぬけてゆくだけだ。地下鉄からは街の何も見えない。高架電車は、隔離されている。路面電車は、街に失くなってしまった。車に乗るものは、道路しか見ていない。街並みさえ見ていない。街の真ん中を通ってゆくのは、バスだけだ。

バスに乗る。すると街というものが、ちがって見えてくる。街を真ん中から見る。目線もちがう。ふだん見ない視角から、街を見ている。部分としての街ではない。意識しようとしまいと、あるまとまりを生きている街を見ている。そのとき、バスの窓から見ているのは、その街のすがた、その街の器量だ。

好きだね、バスが。とても大切なものについて語るように、友人は言う。まるで、恋について語る男のように。

オーイ

いつも上機嫌だった。にこにこして、人混みのなかをゆっくりと歩いた。どこへゆくわけでもない。ただ往来を駅までぶらぶらと歩き、もどってくる。また、繰りかえす。それだけでいい。それだけのことが、彼にひどく楽しいのだ。

よその街は知らない。彼は、生まれそだった、その街しか知らない。四十はもうとうに過ぎている。しかし、坊主頭の顔は、いまも子どもの顔のままだった。肥っていた。だぶだぶのズボン。白い開襟シャツ。

駅からつづく道は、商店街を出はずれると、バス通りに交わる。その交叉点は、彼の一番好きな場所だ。信号が青になる。黄になって、赤に変わる。交叉点までくると、彼はきまって立ちどまる。

点滅する信号をじっと見つめる。信号は三色のみごとな手品のようだ。魅入られたような彼の様子に、横断歩道をわたってゆく二人づれが思わずふりかえる。誰がふりかえろうと、彼は気にしない。にこにこして信号を見ている。通りのむこうに、バスがすがたを見せる。ちかづいてくる。彼はふいに、そわそわとする。信号が変わった。車が停まった。バスも停まった。

オーイ！　彼は子どものように大声をあげて、手をあげる。太い不透明なその声に、車のなかの女が顔をそむけた。

オーイ！　彼はもう一度怒鳴った。バスの運転席で、黒いサングラスの運転手が、手をあげた。バスの運転手たちは、彼の友人だ。雨の日でなければ、彼はいつも昼、この交叉点でバスを待っている。運転手たちはそのことを知っている。彼はただの通行人ではない。その街の一部だ。

ときにはバスの運転手が脇の小窓を開けて、元気かいと声を掛けることがある。そんなとき、彼は子どものような顔をくしゃくしゃにして、羞《はずか》しそうにわらう。バスが通りすぎたあと、彼はひどく幸福そうだ。

ぶらぶら人混みのほうへ歩きだす。けっして早く歩くことをしない。むっくり、揺れるように、歩いてゆく。横目で彼を見て、気のふれた阿呆だとささやくひとは、まちがっている。不幸というような言葉を知って、じぶんを不幸だと思う。彼はそのような一人ではない。

誰もが足を早めてゆくところを、彼は急がない。生き焦る姿勢をもたない。いつも静かにわらっている。

晴れた日に、その街にゆけば、騒がしい人混みのどこかをゆっくりとゆく彼を、きっと見かける。彼を見ると、いつも忘れていることを思いだす。平凡な一日を大事な一日として過ごす、彼のような生き方をだ。

オーイ！　交叉点でバスによびかける彼の声は濁っていて、hoy! というふうに聴こえる。hoy というのはスペイン語で、「今日」という意味だ。

ある少女の話

かまえる。手がサッと下りる。走った。駈けこんだ。次の列がすすみでる。かまえる。手がサッと下りる。子どもたちが走る。横一列になって駈けこむ。白線のコースがくっきりと見える。そこは屋上だ。

屋上の校庭のすぐ下に、静まりかえった教室が見える。子どもたちが机に身をかがめている。窓を横切って、日射しと影が移ってゆく。そのむこうに、青灰色の午前の街の空が、ひろがっている。

赤いちいさな鳥居が見える。忘れられたように祠《ほこら》がある。ひろい屋上には、いつも誰もいない。お稲荷さんだけが、空のかたすみに、孤独に浮かんでいる。広告塔のアルファベットが、するどく遠くに立ちあがっている。

古いちいさな屋上がある。一群れの竹叢が、風に光ってゆっくり動いている。

屋上の小公園がある。暗く冷たい建物のうえ、その花壇の花々は日の光りを一つかみ、そこに撒きちらしでもしたように見える。街のざわめきがかすかに脈搏のように伝わってくる。

少女が一人、屋上から街を眺めている。

少女は年老いた猫と暮らしている。屋上の家に住んでいる。地方の町からきた。知りあいに屋上を借りた。プレハブの組み立て部屋をつくった。屋上生活者。じぶんをそうよんでいる。

屋上の暮らしはきびしい。晴れた日は照りかえしがきつい。風がつよい。風の音が裂ける。口笛のように窓に鳴る。雨の日は、雨脚が思いがけないほどに重い。日々の天気にいつでも直接むきあわねばならない。

この一人の少女の風変わりな日々の肖像を、わたしは『猫がゆく─サラダの日々』(晶文社)という一冊の本に書いたことがある。

少女が屋上暮らしが好きなのは、そこには空のすぐ下に暮らしがあるからだ。いつも空の真下にいるという感覚がある。空の真下では、ひとはただ等身大でしかないと思う。等身大の感覚を、屋上はくれる。

屋上にでると、思わず背すじをちゃんと伸ばしたくなる。じぶん一個の確かな感覚が、身にかえってくる。屋上ではじぶんの目をとりもどす。どうして日常何もかも至近に見るということをしか、していないのだろう。そのことに気づく。

屋上から見ると、街のうえにもう一つの街が見える。その街を、少女は地図につくった。街の屋上がどんなかを、平面図に画く。

街路は街路だ。屋根は住宅である。だが、銀行は空地だ。ほとんどの会社が、空地だ。遊園地がある。高層住宅は、物干し場だ。お稲荷さんがおおい。小公園。ビニール・ハウス。竹藪。植え込み。花壇。画きあげて、気づいた。それは、今日手に入れているものの代わりに、街が路上に失ってきたものの地図だった。

屋上からは、街に今日、失われているものが見えると、少女は言う。見えないもう一つの街が見える、と。

何もない場所

市街地の静かな住宅地のあいだに、何もない場所がある。

雑草の茂りをふせぐためだろう、砂利がびっしり敷きつめられて放置されたきり、もうずいぶん長いあいだ空地のままだ。かなりの広さなのだが、金網で人ははいれない。そこにだけ、まったく日々の気配がない。

むかし、そこに古いおおきな家があった。旧家だったが、主人が逝《い》った。奥さんがつづいて逝った。長い塀にそって黒と白の天幕が引かれ、銀の花輪がならんだ。霊柩車が出てゆくと、門のところで誰かが茶碗を割った。

誰もいなくなったおおきな家に、大学を途中でやめ、曖昧な仕事に就いていた息子がもどってきた。若い男は門を壊し、ほとんどの庭木を伐り、池をつくってたくさんの鯉を飼った。若い女がやってきて、一緒に住んだ。それから突然、出ていった。男はいつも終日、家でぶらぶらしていた。誰も訪ねてこなかった。

ある日、男は池の鯉をすべて殺し、殺した鯉の死骸を、池のまわりに全部、きちんと丁寧にならべた。

火が出たのは、夏の正午だ。叫び声がおこり、消防車が駆けつけたときは、火の舌は、古いおおきな家をきれいに舐めつくしていた。赤い透明な火が、びっくりするほど空の青に透けて、震えた。火があたかも日の光りにかざしたおおきな手のようだった。

昼の火事の怖しさは、怖しいまでにありふれて見えることだ。青空が青いように、恐怖もまたありふれたものにしか感じられないのだ。怖しい感覚と鮮やかな印象とが分かちがたく混ざってしまう、見てはいけない見世物。

放火だった。騒ぎのなかから、男が連行されていった。口元に微笑が浮かんでいた。それきり二度と、男は焼けおちた家にもどってこなかった。

いまではその家のことを知っている人は、誰もいない。歳月は、住む人を俟《ま》たない。界隈に住む人びとも、とうにすっかり入れ替わった。のこったのは、ただ何もない場所だけである。

駅で

電車がはいってくる。

はげしい軋《きし》り。拡声器の声。電車の窓がすれすれに、目の前を過ぎる。

鋭い音がする。停まる。ドアが開く。

わあッ、人が影のように押しだされる。人の輪ができかかって、崩れる。ぶっつく。重なる。急いで離れる。けたたましいベルがつづく。ゆっくり電車が動きだす。すばらしい早さで、最後の車輛が、プラットホームを出てゆく。入れかわるように、反対側のホームに、電車が滑りこんでくる。

ホームの柱の灰皿がくすぶって燃えている。牛乳を飲んでいた男が、ばさりと新聞をたたんだ。若い男が階段を駈けあがってくる。制帽を目深《まぶか》にかぶった駅員が歩いてくる。電話はそこにいない人としか話すことができない。電話で話している人は、そこにいて、そこにいない人だ。

プラットホームには、手に何ももたない人がほとんどいないことに気づく。ぼんやりと遠くを見ている女がいる。ホームのベンチに座っている人たちは、たがいに無関係だ。電車がはいってくる。出ていった。たったいままでいた誰もがもう、そこにはいない。

ホームのすみに、男と女がいた。

言い争いに疲れた。そんな感じの二人づれだった。女が何か言いかけた。その女の手を男が摑んだ。摑んだのではなかった。煙草の火を押しつけていた。女の手が男の手を烈しく払った。女は叫ばなかった。黙って、顔をそむけた。苦しそうに身を離したのは、男だ。女がゆっくりと、男を見た。それから痛々しく微笑した。男の手をとって、女はじぶんの痛んだ手首をしっかり握らせた。電車がはいってきた。ドアが開いて、閉まった。軋りながら出ていった。

ホームにはもう、男も女もいない。

誰もがいる。そして、誰もがいなくなる。プラットホームとは、そうした場所だ。プラットホームでは、誰もが無口だ。ぽつんと立っている。ふっと、目があう。はずすように、目をそらす。二、三歩歩く。立ちどまる。どんなに近く傍らに立っている人についても、どんな人なのか、たがいに知らない。どこでどんな日々をもつ人か、知ることもない。

プラットホームでは、誰もが誰に対しても、誰でもない人間なのだ。

舞台。都会のプラットホームは、都会の舞台のようなものである。ただしヒーローもいなければ、ヒロインもいない。ヒーローやヒロインがどうして必要だろう。

プラットホームの舞台は、芝居のない舞台だ。右手から左手へ。左手から右手へ。出てきて、すぐにいなくなる。誰もが端役だ。端役が、主役だ。せりふなしのその他大勢。プラットホームは、めいめいがその他大勢にほかならないことをおしえてくれる場所である。

地下道で

立ちどまったことがない。足をとめたこともない。地下道では、いつも急ぐように歩く。急ぐ気もちが、傾いた姿勢になる。傾いた後ろすがたが、幾つも重なる。重なって、人の流れをつくっている。

周りに、いつも変わらない明るさがある。明るさのなかを流れてゆく人びとの格好は、明るい影のようだ。影になった人が、急ぎ足で歩いてゆく。足先に転がっている、こころもとなさを蹴とばして歩く。地下道にはそんな感じがある。

歩いていて、何かもう一つ、リアリティに欠けている。道を歩いている。そうした感触がないのだ。

地下道は、道ではない。道のようで、道ではない。誰もがそこを歩いている。それだけで、そこが道だというふうには言えない。道とは、路上だ。路上の雰囲気を自由に息していてはじめて、人のとおってゆく道が、道になる。地下道にないのは、路上だ。路上をゆく楽しい道の気分が、地下道には欠けている。

　街頭がない。街路ではない。地下道は、通路だ。どこからどこへ。入口が決まっていて、出口がきまっている。どこをどんなふうに歩いてゆこうと、出るところへしか出られない。はいったら、出口へと急ぐ通り道だ。待つ必要もない。信号がない。

　雨、風にかかわらない。季節がない。遠くを見ることもない。風景がない。影のように歩いてゆく誰にも、じぶんの影がない。日の移ろいもない。地下道は、ないないづくしだ。窓がない。

　地下道はどの地下道も、おどろくほど似かよっている。どの地下道も、まるでそっくりおなじ地下道みたいだ。一瞬、わからなくなる。いまここを歩いているのに、ここではない、別のどこかを歩いている。そんな気がする。ここがどこなのか、疑わしく思えてくる。

　ここにいて、ここにはいない。地下道のないないづくしのうちに、危うくじぶんをまでも算えそうになる。つと、じぶんを、どこかに見失ってしまう。そんな苛立たしさを、理由もなく覚える。

　地下道では、いつも、思わず急ぎ足になる。急ぐ用なんかない。それでいて、つい急いでしまう。急がなければじぶんの出口がなくなってしまうとでもいうふうに、急いで通りぬける。

地下道には、いま、ここというものがない。いま、ここという感覚が失われてしまえば、じぶんなんてものは、あっさり見失われてしまうのだ。

ある日のことだった。ひろい地下道のむこうから一人の男が歩いてきた。近づいてきて、立ちどまって、丁寧に言った。つかぬことを、お訊ねします。わたしは、いま、どこにいるのでしょうか。

公園のブランコ

ブランコが揺れている。だが、公園には、誰もいない。ブランコが揺れているので、その周りの空気が微かに動いている。風景が微かにずれている。たったいままで子どもたちがブランコに乗って遊んでいたのだ。

誰もいない公園で揺れのこっているブランコには、鋭い悲しみがある。

あのときも、少女がブランコを乗りすてて走り去ったあとに、錆《さ》びたブランコは空のまま、それでもしゃっくりするように揺れるのをやめなかった。まるで亢《たか》ぶった感情をそっくり、少女がブランコのうえに置き忘れていったみたいだった。

もう一つのブランコに、男が乗っていた。男のブランコは鎖が錨のようにまっすぐ伸び、沈んだように動かなかった。

少女は一度もふりかえらなかった。男は若くなかった。立ちあがりもせず、叫びもせず、身じろぎすらしなかった。両手で額をつかんで、ひっそり泣いていた。

ブランコから立ちあがったとき、男ははじめて少年に気づいて、思いがけないものを見るように、木の影の少年を見た。男のおどろきが、少年をがっしりととらえた。

偶然とはいえ、少年は盗み見をしたことになる。そう思うと、ふいに、怖しくなった。「わるい子どもだ」。男が言い捨てる言葉が背に聞こえた。少年は思わず逃げて、走った。公園の端まで走ってふりかえったが、男はもうどこにもいなかった。

「公園で男のひとが泣いてた」。少年は祖母に言った。「そのひとは女の子と二人で、ブランコに乗って遊んでた」「女の子はどうした？」「公園から一人で駆けて出てった」。明治生まれの祖母はきっぱりと断言した。「人さらいだね」「でも、泣いていたよ」「人さらいだよ。気をつけなければ」。

わるい子どもはおおきくなって、短いあいだだったが、その少女の友だちになった。少女は母親と二人暮らしだった。少女の母親は少女が幼いとき、少女の父親と別れた。あのとき公園で一人泣いていた男は、少女の父親だったのだ。

ブランコはまだ揺れている。誰もいない公園で揺れているブランコには、鋭い悲しみがのこっている。たったいままで遊んでいた子どもたちを、怖しい人さらいがさらっていったのだ。

街と人力車

急に、痛みがきた。あわてて掌で抑えた。鎮まった。何でもなかった。だが、まちがっていた。

次の瞬間、もっと鋭く痛みがきた。しっかと抑えないと、指のあいだから痛みがこぼれてきそうな気がした。掌を右腹にきつくあてて、立ち竦《すく》んだ。自然に身体を折る格好になった。みっともないぞ。しかし、立っていられなかった。チキショー。そう思ったが、身体はしゃがみこんでしまっていた。

学校を休みたくなかった。午後に校内野球大会の準決勝がある。少年は遊撃手で、六番打者だ。このまえの試合に、おおきな失策をした。打席でも散々だった。今日はがんばりたかった。

学校にゆけば、と考えた。こんな痛みぐらい、どこかにふっとんでしまうだろう。なぜ、ちゃんと立てないのか。立てなかった。ぶざまにうずくまるしかできなかった。

学校に遅れる時間だった。母がよびにきた。痛みが、掌からどっとこぼれおちた。

医師が駆けつけてきて、入院して手術しなければならない、と無感動に言った。遊撃手の夢が消えた。鉄壁の守り、四打数三安打の夢が消えてしまった。身体をちゃんと伸ばすことができず、ほんのすこし動いても苦痛がくるのに、病院まで自動車の震動を我慢できるだろうか。そのころはまだ、道は大部分未舗装だったから、自動車はひどく揺れる乗りものだったのだ。

代わりに、身体を折ったままの少年をそっと病院まで運んでいってくれたのは、街にまだ一軒だけのこっていた人力車屋の、黒い幌のついた黒い人力車だった。

少年が人力車に乗ったのは、それが最初で、最後だった。黒い幌のなかは、ひっそりとして、静かだった。人力車はまるで走っていないように走った。走ってゆく車夫のおじさんの黒い印半纏《しるしばんてん》の背が、左右に正しく動く。人力車から見る街は、思いがけなく新鮮だった。

初めてきた街みたいだ。目の高さが、いつもとちがう。目の位置がちがうと、こんなにも街の景色がちがってしまう。塀の上を走る猫の目で見ているようだ。人力車はしなやかな乗りものだ。じぶんがしなやかな猫になったような気がした。しかし猫は猫でも、少年はカナリヤを食べてしまった猫のように、情ない猫だった。痛みと不安とに苛められた猫だ。

急性盲腸炎だった。手術のあと抜糸に失敗し、一カ月学校を休んだ。そしてそのあいだに、少年は一度に三つのものを失くしたのだった。——盲腸。遊撃手としての輝ける未来。そして人力車の、しなやかに走りぬける街。

ラヴレター

手紙というものはいったい信じられるものだろうか。せいぜいが用箋に用件を認めるだけで、旅の絵葉書をのぞけば、親しい言葉を他人に宛てて書くというような習慣は、もうすっかり疎いものになってしまった。いつから、手紙という内密な言葉のかたちが、こんなにも遠いものになってしまったのか。

わたしの場合は、はっきりしている。中学生のときだ。同年の一人の少女にきれいな淡い関心をもち、毎日学校で当の相手に面つきあわせながら、そのことをじぶんからつたえることなど叶わなかったが、ある日の午後だ。校庭の藤棚の下で、親しかった悪童四人であつまって、無駄話に熱中するうちに、ラヴレターの話になった。

四人の悪童は、それぞれに好きな少女を、胸底にひめていたのだが、そのときのわたしたちは、競って気負って、「ラヴレターなんか」と軽蔑しあったのだった。しかし、それでは何にもならない。その結果、それでは四人で四人の少女に宛先のちがうおなじ文面の手紙を書き、それがいかに公明正大な手紙かを証すために、それぞれの手紙の裏に誰が誰に宛ててこれとおなじ手紙を書いたかを書きそえ、おなじ日に一度に投函しよう、ということになったのだった。

一週間ののち、わたしたちは突然校長室によびだされ、はいってゆくと、そこに四人の少女と三人の母親と、校長先生が、わたしたちを待っていた。母親が一人すくないのは、一人の少女の父親が、ほかならぬ校長先生その人だったからだ。わたしたちは手ひどく叱責をうけ、消耗したこころと絶望のかたまりを憤然と抱きしめながら、罰として、夕暮れまでひろい体育館の掃除に、四人で励まねばならなかった。公明正大なわたしたちのやり方に比して、純潔な少女たちによる返事が密告だったとは、それは、なんという公然たる裏切りだったことだろう。いまとなっては嘘としか思えないが、ほんとうの話である。

一人にこそ宛てて書くべき、手紙という内密な形式を公然と侮蔑したそのぶんだけ、少年のわたしたちは、公然たる密告によって、そのときみごとに復讐されたのだった。そのときから、手紙の言葉というものが、およそ信じられない言葉になってしまったのだ。

手紙を書けば、おしまいの言葉を書かねばならない。おしまいの言葉は「さよなら」である。わたしは「さよなら」という言葉で終わるしかないような手紙は、もう二度と書くことはすまいとじぶんに決めた。必要な言葉は、おしまいに、けっして「さよなら」という言葉を必要としない言葉であるべきだ。それからずっと、わたしはいまも、そう頑なに信じている。

愛

辞書のはじまりの言葉は「愛」。誰かがきっとそんなことを言ったか、書いたか、したことがあるにちがいない。

幼いころどこかでひろって以来、わたしはずいぶん長いあいだ、その言葉を記憶の抽出《ひきだ》しに蔵いこんでいた。わたしもまた、ずっと、「愛」という言葉ではじまるわたし自身の辞書が欲しかったのだ。

ところが、わたしの辞書の最初の言葉といったら、そんな「アイ」という言葉とはおよそ字面も趣きもちがっていて、いつもきまって、「アッ」という短い叫び声からはじまってしまうのだった。

世界は、いつも不意うちに、わたしのもとにやってきて、すこしずつ展《ひら》けたが、一つのことに出会うたびに、わたしは「アッ」という叫びを、どうにか呑みこんで成長するしかなかったのだった。「愛」という言葉からは、わたしにとって世界はどのようにもはじまることはなかった。それは、いまでもおなじだ。

にもかかわらず、少年のわたしは、いつか「愛」という言葉ではじまる辞書をもっているやつに突然でくわすようなことがあれば、そいつにだけは万事かなわないような気がして、不安だった。

「愛」という言葉ではじまる辞書がどこかにあって、いまはそれをもっていないけれども、いつかそれを手に入れることができさえすれば、わたしもまた「愛」を知ることができる。そう思い込んでいた。

わたしは、もちろんそんな辞書をみずから手に入れることもなかったし、またそのような辞書をもった手ごわい対手《あいて》にめぐりあうということもなかった。

「愛」という言葉ではじまる辞書を夢みつづけたあげく、わたしが実際に手にしたのは、「愛」という言葉は、結局どんな辞書にもでていないという事実だけだった。

「愛」という言葉を辞書で引くことができないと知ったとき、わたしが夢みる少年でありえた無垢《むく》の時代は終わった。

「愛」を語ることも、信じることもできない。「愛」にむかって黙ることしか、わたしはできない。それは、口にしたらどうにも嘘になってしまう言葉だから、「愛」という言葉は、わたしにはいまもどのようにも使えない言葉のままである。

いまも「アッ」という短い叫び声からしかはじまることのないわたしの辞書には、依然として、「愛」という言葉は、欠落したきりだ。

単純なことだった。「愛」は、つまり言葉ではなかった。言葉についになりえない言葉である。

本屋さん

本屋が好きだ。書店でなく、本屋だ。「本屋さん」という雰囲気をもった街の店が好きだ。

わたしのゆくのは、ほとんどがちいさな本屋だ。街角を曲がって、ふとその店を見かける。そんなちいさな本屋に足がむく。ちいさな本屋には本がすくない。しかし、かまわない。わたしは本屋に、本を探しにゆくのではない。なんとなく本の顔を見にゆく。

読まれるまえの本は沈黙している。ひっそりと沈黙した本のならんでいる本屋が好きである。本の沈黙が聴こえてくるような本屋が、好きだ。

おおきな書店とちがってちいさな本屋では、ほとんどぜんぶの棚をのぞくことになる。あらかじめの手もちの関心だけでは見ないような本。店にはいるまえ予期しているような本でなく、全然予期しない本。ちいさな本屋で見るのは、まずそんな本だ。

こんな本が、いつ、でていたのか。立ちどまって、そんなことを考える。

新しい本を追いかけて読む。必要な本を探す。街の本屋はそうした探索にはむいていない。択びぬかれたといった本はない。普通の暮らしにあればいいとされるような本が置いてある。ありふれたいつの時代にも変わりのないような本が、どんな本なのか。そうした本が一般に果たしている日常的な性格が、どんなものか。ちいさな本屋には、さりげない発見がある。

いつもゆきあたりばったりだ。だから、ゆきあたりばったりのゆき方をみとめてくれる、街の店としての本屋が好きだ。雑貨屋がすくなくなって、専門店化がすすんだいまでは、本屋は雑貨屋的な気分をもっている、ほとんど唯一の街の店だ。そうした雑貨屋的気分をもし失ってしまえば、本屋の楽しみもまた失われてしまう。廻り道してゆくことを誘ってくれるような本屋が、好きだ。

おそくまで、店を開けておいてくれる。それも本屋の好きな理由だ。街のちいさな本屋にはもう未来がないために、店をたたんでしまう本屋もすくなくないけれども、それだけに、もうすっかり暗くなった夜の街に、そこだけが明るい静かな本屋が開いているのを見つけると、うれしくなる。明るくて静かな夜の本屋で、まだ知らない仲の本たちと親密に話をするのは、いいものだ。

　今夜の本を決める。買って店をでる。開いているコーヒー屋が近くにあれば、その店の椅子に黙って座って、買ってきた本をひらく。本に付いたビラビラは棄てる。本だけにして、熱いコーヒーを一口すする。

　読みはじめる。わたしがアパートにかえると、部屋のなかに見知らぬ客がいた。礼儀知らずの客だ。椅子ではなく床に眠っている。死んだ男だった。額に銃弾をうけているのに、死体のそばに転がっているのは血のついたナイフだ。凶器と死因がちがうのだ。きびきびとした書きだしのミステリーだ。いい本にぶつかった。そう思うと、その夜はいい夜になる。

印度の虎狩

まだ一度も聴いたことがない。誰の曲かも、まったくわからない。けれども、曲の名だけはひろく知られていて、聴いたことがないのに、その曲のことはよく知っている。

それがチェロ・ソナタであること、そしてチェロという楽器はもともとはとても静かな楽器なのに、チェロのためのはずのその曲はとんでもない曲で、むやみに激しい曲らしいということも知っている。

そのうえ、一度も聴いたことがないのに、ちがう、絶対に聴いたことがあると感じられるほど、その曲の印象はじつに色あざやかだ。というのも、それは音符のかわりに、あたかも黄色と黒の二つの色で作曲されたとしか思えない、そういう曲なのだ。

その曲の譜にはきっと、こんな指示記号がつけられているにちがいない。——黄色と黒の二色だけで、啞然とするほど元気よく、夢中になって演奏すること。

幻の曲だ。けれども、その幻のチェロ・ソナタを練習したチェロ弾きの記録がのこっている。その記録によって、その曲は後世に有名になったのだ。

そのチェロ弾きは、おそろしいほど下手なチェロ弾きで、人の耳を憚《はばか》って、真夜中にこっそり練習するしかなかったチェロ弾きだった。それでもあまりに下手なために、猫にまで馬鹿にされて、思わずカーッとなって、やみくもに、われにもあらず弾きまくるのが、その曲だ。

「猫はしばらく首をまげて聞いてゐましたがいきなりパチパチパチッと眼をしたかと思ふとぱつと扉の方へ飛びのきました。そしていきなりどんと扉へからだをぶつつけましたが扉はあきませんでした。猫はさあこれは一生一代の失敗をしたといふ風にあわてだして眼や額からぱちぱち火花を出しました。（……）

猫はくるしがつてはねあがつてまはつたり壁にからだをくつつけたりしましたが壁についたあとはしばらく青くひかるのでした。しまひは猫はまるで風車のやうにぐるぐるぐるぐるまはりました」

たいへんな曲なのである。べつに立派な曲でなく、むしろ「あんな曲」と指さされるような楽曲なのだが、いったん弾きだしたらもう、嵐のような勢いで、どんどん弾きつづけなければならず、真夜中の一時が過ぎ、二時が過ぎても、何時かもわからなくなるまで轟々と弾きつづけて、へとへとになってもまだ、弾きやめることができない。そういうまるで信じられない曲なのだ。

黄色と黒の二色だけで作曲された、唖然とするほど元気のでるチェロ・ソナタ。だが、それは実は、たった十日でみんなが本気になって耳かたむけるほど、チェロが上手に弾けるようになる秘曲でもあるのだ。宮沢賢治の『セロ弾きのゴーシュ』に語られる謎の曲「印度の虎狩」が、幻のその曲だ。

誰がつくった曲なのか。

そのチェロ弾きがもっていたとされる譜は、どこにものこっていない。

ジグソー・パズル

顔。麦畑。建物。空。花々。動物たち。それらの絵や写真をぜんぶバラバラにして、五百個から、一千個ぐらいのカケラにすると、一つ一つがきれいな彩片になる。そのバラバラの彩片を一つ一つ拾っていって、注意ぶかく組みあわせていって、もとどおりに復元する。

ジグソー・パズルはただそれだけの単純な遊びだ。仕組みはひどく単純だ。しかし、五百個一千個のバラバラは、なかなかどうして元どおりにならない。

まず、まっすぐの辺をもつカケラを集めて、全体の枠組みをつくる。それから、色別に分けたカケラを一つずつ組みあわせていって、外側から内側へと全体を埋めてゆく。遊びというより、手仕事なのだ。焦ると、失敗する。億劫にすると、つづかない。

こころをしぼって、バラバラの彩片を見えない全体のなかに的確に位置づけて、嵌めこんでゆかねばならない。こんなカケラがいったいほんとうに必要なのか。そんな疑いに捕らえられることもある。けれども、一度あるべき位置に嵌めこまれると、不要に思えたそのカケラがどれほど全体に欠かせないものだったか、たちまちしたたかに思い知らされるのだ。

ジグソー・パズルはなによりも、一人であることの楽しみを頒《わ》けてくれる遊びだ。孤独というのは、一人であることではない。じぶんでじぶんを楽しませることができない。それを孤独というのだ。

ジグソー・パズルは一人でなければできない一人の遊びだ。人生に似ている。一人のじぶんがカケラとしての日々を生きながら、人生という全体を生きている。ジグソー・パズルがおしえてくれる秘密とは、どんなみごとな全体もバラバラのカケラの組みあわせでできていて、全体とは断片の集まりにほかならない、ということだ。

何でもないようなどんなカケラにも、色彩がある。そのさまざまに多様なカケラの色彩が緊密に混ざりあって、はじめて全体の色調がでてくるのだ。

ただ真っ白なだけのジグソー・パズルをつくったアメリカ人がいた。どうしても、元どおりにできなかった。バラバラのままになった。

カケラが一個なくなっても、たかが一個ぐらいとはけっして言えない。その一個がなければ、かならず全体のどこかに穴が空いてしまう。

　モナ・リザのパズルにとりくんだ友人がいた。最後の最後になって、カケラを一個失くしていたことに気がついた。十日もかけたのに、できあがったモナ・リザは、白眼のモナ・リザだった。たった一個失くしたそのカケラが、モナ・リザの神秘の瞳だった。

レゴ

レゴという組み立て玩具がある。まだ若い父親だったころ、幼い子どもたちと一緒に、時間をつくって、その組み立てに熱中した。

凹凸のあるちいさな方形の積木をたがいに組みあわせて固定させながら、思いつくままに、電車や家や飛行機や船をつくってゆく。いわゆる模型の組み立てとはちがって、方形のブロックを組みあわせるだけの玩具なので、その気になれば何でもつくれるし、出来が気に入らなければバラバラにして、もう一度はじめから組み立ててゆく。指の下に、白、黄、青、黒のとりどりのブロックを押さえて、空想の設計図にかたちをあたえてゆく。単純な工作だが、それでも複雑なしかけをもったものをつくろうとすると、手はとまってしまう。

レゴのむずかしさは、その一つ一つが方形だということだった。つまり、曲線のない部分を集めて、全体を表現しなければならないむずかしさだ。

レゴを組み立てていると、わたしたちの世界はいかに直線と曲線の組みあわせからできているかに、あらためて気づかされた。ふだんは気づきもしないような事柄に視線をむけさせるのが、玩具の思いがけないちからだ。曲線のない不自由さをどう押しきって、かたちをつくってゆくか。

つくりはじめると、ちょっとしたものでも、二時間はすぐに過ぎる。できあがらなければバランスがとれないので、できあがるまで指先を動かしつづける。指先に注意をあつめる行為は、ひとを孤独な熱中に誘う。どんな言葉も、疑いも不要だ。何をしてもこころが集中しないようなときは、よく子どもたちの部屋にはいりこんで、子どもたちを誘っては、レゴの詰まった木箱をひっぱりだした。

憂鬱だったのは、わたしがレゴでつくるどれもが現実のかたちにどうしても似すぎることだった。電車をつくる。わたしのつくる電車が、現実の電車のかたちに近似的に似れば似てるほど、よくできたと感じてしまうじぶんに気づく。がっかりだった。レゴをつくることとは、要するに、よりいっそう現実にすでにあるものの既知のかたちを可能なかぎり模すという、それだけなのか。現実にあるものに、できるだけらしく見えるようにつくってしまうしかできないのか。

しかし、子どもたちのつくるものはちがっていた。幼い手が不確かな手つきで指先につくりだすものは、現実にあるかたちにむしろ似てもいないものだ。電車だよと言われても、それはわたしには電車には見えなかった。けれども子どもたちは、けっして電車には見えないものの向こうに、確かにじぶんにとっての電車のイメージを見ていた。

直線しかない玩具の世界からでてゆくとき、幼い子どもたちは新しい大人の自分を見つける。ひとが大人になるのは、曲線の発見によってである。

オセロ

　オセロは、単純なゲームだ。むかし源平碁とよばれたゲームがあらためられたゲームらしいが、わたしは源平碁は知らない。碁というより挟み将棋にちかいが、それともちがう。

　対手の石をじぶんの石で挟めば、挟めた数だけ、縦横斜めに幾度でも対手の石が引っくりかえって、じぶんの石になる。石は裏と表で黒と白に染めわけられている。

　盤は六十四の桝目からなり、それぞれが三十二の石をもって、挟み撃ちを繰りかえして、最後の目数を競うのだ。打ちはじめはとんとんとゆく。しかし、はやくからじぶんの目数をふやすに焦って、対手の目数を絶やすのはかえって危うい。挟み撃ちのゲームだから、じぶんの石をあつめすぎると挟めなくなって打てなくなるのだ。むしろほとんど最後の五手ぐらいで大逆転できたり、されたりするのが、オセロならではのおもしろみだ。

読みきれない、よく読んで対手のこの石を引っくりかえすつもりで、思いがけない石をついでに引っくりかえしてしまうことがある。一つの手に固執しすぎると、みずから裏切られる。対手の石が置かれてたちまち変様してゆく状況を、一手ごとに素早く読みなおしてゆくのを競うゲームだ。

つまり、石の引っくりかえしを繰りかえすだけのゲームなのだが、どの石もゲームの終わりまでいつどんなふうに引っくりかえされるかわからないあいまいさを生きている。

そのあいまいさの魅力が、わたしにはオセロの魅力だ。あいまいさの積極的な意味を活かすことができなければ、オセロはつまらないゲームだ。撃ちてし止まんゲームではない。

あいまいさ、つまり両義性の概念は、わたしたちのあいだではマイナス概念、もしくは軽々と疎んじられてきた概念だろう。直情の果ての挫折を潔しとする心性からはおよそ遠いものだが、わたしはオセロにしめされるような、けっして一つの石の価値を動かないものとしないラディカルな両義性のほうが、ずっと好きだ。

一度挟みとったからといって、どんな石も私有できない。すべての石が逆転の契機と可能性をはらんでいる。

わたしたちは固定した価値のなかでたぶん暮らしすぎているのだ。いっときは暇をつくっては、オセロを打ってばかりいた。オセロを打ちながら、盤のうえの石たちの生きている両義性に手をかすことが無上の楽しみだった。そうして、いつもいつも考えていた。なぜわたしたちは暮らしのなかで、事物たちにくわえられている価値を引っくりかえし、事物たちの夢みている逆転の夢に、手をかしてやれないままでいるのだろうか。――

時計と時間

飾りのない壁に時計が一つ。何のふしぎもない時計のようでいて、それは実におかしな時計だ。時計の文字盤が、左右すっかり逆になっている。うっかりすると、気づかない。しかし、よく見ると、三時が九時で、九時が三時で、十一時が一時なのだ。

いい味のコーヒーといい音楽があって、いい椅子がある。ゆきなれた街の好きな店。午後の七時にその店にいったのだった。ゆっくりコーヒーを飲んだ。音楽を聴き、本をすこし読んだ。午後五時に店をでた。

時計が気になって、つい時計を見る。すると、引っかかる。引っかかってはじめて、時計の時間に囚われて、心の風通しをわるくしていたじぶんに気づく。まちがった時計の文字盤がおしえてくれるのは、時間の自由な感覚だ。

実際、時計というのはおかしなものだ。一度気にしたら、それまでなのだ。気にすると、どうやっても気になる。囚われる。気になるという、そのことすらも気になってくる。

時計を見る。また、見てしまう。時間がひどく早く過ぎる。あるいは、たったいまとすこしも変わらないように思える。また、時計を見る。一分がおそろしく永い一瞬に感じられる。かと思うと、一時間がまるで短い永遠みたいだ。また時計を見る。時計の正しい感覚が、どこかで毀《こぼ》たれてくる。

時間はきれいな空気のようなものだ。一時間が過ぎると、六十分が過ぎる。ふと目をあげると、日暮れがきている。夜になる。時計を気にすると、ちがってしまう。時計が汚れた空気のようになる。そのなかにいるという意識がしきりに先立って、気ぶせったくなる。

思わず時計を見る。また、見てしまう。それが、まちがいなのだ。時間は忘れているときが正しいのだ。気にしだすと、不安になる。時計はちがう。忘れると、不安だ。気にしだすといっそう正確になるのが、時計だ。

街は時計でいっぱいだ。どこにもいつでも、時計がある。ひとと時計と、どちらが街におおいだろう。時計だろう。それほどおおくの時計があって、しかしどこでもいつでもないものは、時間だ。

時計を見る。時計を確かめる。時計を確かめて、時間を忘れる楽しさを忘れる。時計がある。時間はない。むこうから歩いてくるひとの手首で、腕時計が反射してキラリと光る。手錠の片っぽのように。

古くて新しい

時間ができると、よく古本屋をのぞく。古本のあいだにいると、時間というものがちがって感じられる。街の新しい時間とはちがう時間が、古本屋にはあるのだ。

古い本は、古い時間のかたちをしている。手にとってひらく。ページのあいだに、忘れてきた時間が挟まっている。それが思いがけなく新鮮に、目にとびこんでくることがある。

なにげなく引きだした一冊の本によって、遠くに置きざりにしてきた時間に、ふいにむきあってしまう。古本屋にはそんなおどろきが隠されている。ずっとまえ通りすぎたときには気づきもしなかった時代の光景が、それまで知らなかったような一冊の本のなかから鮮やかに浮かびあがってくる。そんなときもある。

古い、新しいということを、あっさり日々の流れにしたがって考える誤りを、古本屋の棚の片隅に転がっていた一冊の本が黙っておしえてくれることもある。

だが、なにより古本屋で楽しいのは、思いもしなかったような一冊の本に出会ったときだ。古本屋というのは、ふしぎなのだ。こんな本が欲しい。そうと決めて探しにゆくと、だめなのだ。まず見つからない。

古本屋をのぞくときは、心を白紙にしておいてゆくほうがいい。そして、本棚にならんだ一冊一冊の本が無言のうちに語っている言葉をゆっくりたずねていって、たまたま一冊の本を見つける。古本屋にゆくまでは思ってもみなかった一冊の本を手にして、はじめて、この本を探していたんだなと思えるような、そんな古本との付きあい方が好きだ。

古本屋では、新しい本につきまとうような評判や宣伝は、あてにはできない。そうかといって、どんな古本屋にいっても決まってならんでいるような本はたいした本ではないし、こけおどしの本しかない古本屋は好きになれない。よい古本屋はどこまでもさりげない古本屋だ。古本屋では、どこにでもあるような本のあいだに何食わぬげに挿された、うっかりすると見落としかねない一冊の本を、じぶんの目で確かに見分けてゆくしかないけれども、どこかの古本屋のどこかの棚で、一冊の本がさりげなく、じぶんが見つけるまで、じっと黙ってそこで待っているにちがいない。そう考えることは、とても楽しいことだ。

本というのは、おもしろいのだ。本は、道具とはちがう。古本であれ新本であれ、もしその本をまだ読んでいないかぎりは、その本はつねに「新しい本」なのである。古本屋には、いつでも古くて新しい時間がある。古本屋の楽しみは、つねに新しい古い時間をもった一冊の本に出会う楽しみだ。

伯父さん

「おじさん」という呼び方は奇妙だ。父や母の兄弟もおじさんなら、父母の知りあいもおじさんだ。友人の父親もおじさんだし、ゆきずりのよその知らない大人のひともおじさんだ。みんなおじさんなのだ。おじさんはどこにでもいる。世のなかに一番おおいのはおじさんとよばれる大人なのだ。おじさんには伯父さんと叔父さんと小父さんがいるというのも、奇妙だった。

そんなにたくさんのおじさんがいても、わたしにとって本当のおじさんは一人だった。たくさんいるおじさんと本当のおじさんのちがい。それは「おじさん」と「ぼくのおじさん」のちがいだ。たとえばおじさんを知らない友人に「ぼくのおじさん」として話せるようなおじさんこそ、たくさんのおじさんとはちがう、一人しかいない「ぼくのおじさん」なのだ。

ぼくのおじさんはおそろしく長い眉毛のおじさんだった。眉毛が垂れて目が見えないぐらいだった。髭も生やしていたが、髭よりも眉毛のほうが長かった。

父よりも母よりもずっと歳上で、つまりぼくの伯父さんだった。父や母にそれまでおしえてもらったことのないことを、はじめていろいろおしえてくれたのが、伯父さんだ。汁麵はたとえ麵をのこしても汁をのこさないのが礼儀であること。鮨屋ではビールを注文しないこと。コーヒーはブラックで一口すすって、それからミルクを入れること。

そんなことをぼそりと呟いて、伯父さんは「どうでもいいようなことだけどね」と付け足すのだった。伯父さんがおしえてくれたのは、立派な理屈ではない。誰もおしえてくれないような「ちょっとしたこと」ばかりだった。

「ちょっとしたこと」を注意ぶかく覚えてゆくことの大事さを、わたしは伯父さんによって知ったのだ。そんな「ちょっとしたこと」を伯父さんはよく知っていたのだ。

伯父さんは長いあいだ、東京の下町の小学校の図工の先生だった。亡き池波正太郎の『食卓の情景』という本に、生徒の池波さんにはじめてカレーライスのおいしさをおしえてくれた立子山先生としてでてくるのが、わたしの伯父さんである。

伯父さんがわたしにおしえてくれたことで忘れたくないことは、ひとは一人でコーヒー屋にいって一杯のコーヒーを飲む時間を一日にもたねばならない、ということだ。

晩年は武蔵野の野火止のそばに住んだが、伯父さんは死ぬ一カ月まえまで、もう八十歳を越えていたのだが、日に一度、かならず自転車に乗って雑木林のあいだの径をぬけて、街へ一人でコーヒーを飲みにゆくのをやめなかった。

伯父さんの死んだときも、伯父さんの閉じた目は、長い眉毛の下に隠されていた。「誰だって死ぬというだけのことだよ」。そのときも伯父さんはさりげなく呟いているみたいだった。「どうでもいいようなことだけどね」。

空飛ぶ猫の店

気もちのいい沈黙があれば、それだけでいいのだ。たとえ音楽が流れていても、いい音楽であれば、あとにきれいな無がのこる。気に入った街のコーヒー屋では、黙って、コーヒーを飲む。

街のコーヒー屋へは、一人の時間を過ごしに、必ず一人でゆく。周りの声が遠のき、やがて頭上からざわめいて降ってくるようになるまで、ぼんやりしている。

「喋る、喋る、それだけが取り柄さ」。お気に入りのレイモン・クノーの『地下鉄のザジ』の鸚鵡の言葉をいつも思いだす。それから、言葉にならないものを思いうかべる。コーヒーは断然ブラックである。砂糖を入れなければ飲めないコーヒーはうそだ、と思う。熱いコーヒーが好きである。

新しく買った本を、初めて開いて読む。店で読むのはかならず新しい本に決める。いい本を手に入れたとき、幸福だからだ。ずっと以前、毎晩左足からさきにベッドにはいらなければならないという掟をまもった少女のために、フォークナーが書いた童話の本、『魔法の木』（木島始訳）を手に入れたときは、コーヒーの味がちがったのを忘れない。

「もっとも厄介な問題の一つは、人生のどの地点で、またどの時点で、人生を一つの冗談として受け止めることが許されるかということだ」。ノーマン・マクリーンの『マクリーンの川』（渡辺利雄訳）という物語に誌されているそうした問いを前にして黙るのには、街のコーヒー屋の時間ほどふさわしい時間はないし、それまでは知らなかったジェフリー・ユージェニデスという作家の、『ヘビトンボの季節に自殺した五人姉妹』（佐々田雅子訳）の、上等のクッキーのような物語の味は、濃いコーヒーにぴったりだった。

もちろんミステリーならば、街の店で読みはじめるにかぎる。会話がとてもうまく書かれているようなミステリーが好きだ。街の店で読みはじめてすぐに魅せられた一人は、ジェイムズ・リー・バークの『ネオン・レイン』（大久保寛訳）にはじまる、まるでぶっきらぼうな深南部の物語。そのなかの忘れがたい一節。

「アメリカ合衆国の象徴は、鷲でなく、ザリガニであるべきだ。線路に鷲をおいたとする。列車が来たとき、その鷺はどうすると思う？　とんで逃げちまうんだ、やつは。だが、その線路にザリガニをおいたら、どうなると思う？　ザリガニのやつはハサミをあげて、その列車をとめようとするのさ」

コーヒーの代金は、一人の時間をもつための代金である。かつてはそうでなかった。街の店はひとと寄りあう場所であり、ときには仕事の場所であり、椅子はしばしば仮寝の椅子だった。だが、それはそれだけのことだった。酒の店はべつにして、コーヒー屋では、いまは本を読むほかはしない。スタインベックの「菊」のような短篇をじっくりと読ませてくれるような時間のあるコーヒー屋がいい。街の店では、新聞と雑誌は読まない。誰にも会わず、雑談しない。一人で黙ってコーヒーを飲んで、一人の時間を楽しんで帰る。

好きなコーヒー屋のある街が、好きな街だ。好きなコーヒー屋が、ある日店をたたんでしまう。すると、それきりその街に足をむけることもなくなってしまう。その店が街に失くなってしまうと、ふいに大切な記憶を奪われてしまったような淋しさを覚える。けれども、久しくゆくことのなかった街へゆき、親しみのあるコーヒー屋がおなじままにひっそりと明るい時間をもちつづけているのを見ると、こころがサッとひらく。

街の店には、その店にふさわしい特有の時間がある。まだ朝早きやわらかな日の光りを背にはいるべき店もあれば、午前十一時がもっともすばらしい時間である店もある。午後四時の静けさがかけがえなく思える店もある。夕暮れにはどの店も最良の微笑をとりもどすが、午後七時の賑々しさのなかでのウィンナ・コーヒーの味が、とりわけ格別な店もある。

午後九時を過ぎたら、いつも誰にもおしえたくない店にいった。空飛ぶ猫をラベルにしたおおきなマッチのあるコーヒー屋で、切れ味のいい歌を聴かせてくれた。むかし、ベット・ミドラーというすごい歌い手をはじめて知ったのも、ジョン・ハートフォードというとんでもない吟遊詩人のミシシッピの歌を知ったのも、午後九時を過ぎてその店で、だった。その店は、もういまはない。

偶然、街の店で知ったひとに出会うと、なんとなく大事な秘密を知られたような気がして、思わず戸惑いを覚えてしまう。読みさしだったのに、何の気なしにミステリーの結末をおしえられてしまったみたいに、気もちが引きもどされてしまう。

街の店は、誰でもいるが、誰もいない場所だ。見知らぬじぶんのいる場所である。

鉄道草

貨車にとびのって、この町をでてゆく。どこでもいい。どこかへゆく。そんな印象的な漂泊者たちの物語が、目の底にまだ焼きついている。『エデンの東』。貨車の上のジェイムズ・ディーン。『ピクニック』のウィリアム・ホールデン。『北国の帝王』のリー・マーヴィン。『スケアクロウ』のアル・パチーノとジーン・ハックマン。映画のなかの孤独な漂泊者たちは、あれから、いったいどうしたのだったろう。みんな、どこへいったのか。

はげしくて貧しくやさしい漂泊者たちは、ホーボーとよばれた。ホーボーというのは、「方々」という日本語を語源とする英語である。所々方々。さまよいながら、じぶんの物語を生きてゆく。そうしたホーボーの歌は、けれどもいまでも、まだ人間たちの自由な歌でありつづけているだろうか。

どこかへゆく。どこへでもいい。どこでだってちゃんとやれるさ。そうした漂泊者の夢を、今日たくましく、さりげなく生きているのは、誰でもない。草たちだ。雑草とよばれる草たちだ。そんじょそこらの草たちこそ、知る人ぞ知る、今日のみごとなホーボーたちだ。

セイタカアワダチソウ。

ある日、ふらりと日本にやってきて、あっという間に、いたるところの空き地を転々うつりすんだ。やっとその名を覚えたころには、セイタカアワダチソウは、もうわたしたちの周りの、どんなところにもいた。

オオブタクサ。

背の高さはセイタカアワダチソウに勝るともおとらない。こんなおおきな草がいったいどこからどうやって旅をつづけてきたのか。昭和の戦争の後の時代になってはじめて、この国にやってきた。それから三十年もたたないうちに、オオブタクサは、日本の夏草のチャンピオンの一つになってしまったのだった。

まったく、所々方々の、今日のホーボーは、草たちなのだ。

ショカツサイ。オシロイバナ。ムラサキツユクサ。コアカザ。オオアレチノギク。ムラサキカタバミ。ホウキギク。オオイヌノフグリ。オオマツヨイグサ。ヒメオドリコソウ。

小図鑑を手に歩く。街の、何でもないようなどこにも、土あるところ、なんとまあ、さまざまのホーボーの物語をひめた草たちが、旅していることだろう。

そこにも、ここにも、ある日、誰とも気づかれずに、ふとやってきたホーボー草ばかりだ。どの草も、ヴィザなしに、国境を越えてきたのだ。どこかへゆく。どこでもいい。土さえあればというやり方で。人間たちをなんか気にもしないで。

むかし鉄道草というのを、祖母がおしえてくれたことがある。草はね、鉄道に乗って旅するんだよ。無賃乗車してね。……

目をつぶると、いまも見えてくる。人っ子一人いない、真昼の赤茶けた線路際に、いつも鉄道草が、どこまでもどこまでもつづいていた。ヒメジョン、ヒメムカシヨモギ。……

III

朝のカフェ

北アメリカのいい街には、かならずいいカフェが一軒ある。おいしいコーヒーが飲めて、おいしいケーキがたべられる。明るくて清潔なカフェ。こころがひろくなってくるようなカフェのある街が好きだ。

カフェの一番いい時間は、朝だ。明るい午前の光りをまぶしく感じながら、やわらかなコーヒーをゆっくりとすることから、一日をはじめる。

朝には、朝のケーキが欲しい。たとえば、ドーナツ、ホットケーキ、あるいはワッフル。広い窓の外には、朝の光りが鋭く光と影を分けている。舗道に立つ人の影が、長く伸びて揺れている。コーヒー・カップが熱くて、掌でつつみきれない。ぶあつい新聞をバサリとひろげる。まだ折り目がきちんとしていて、活字の匂いがする。

朝のカフェでは、街の人は寡黙だ。黙ってコーヒーをすすり、新聞に目を落とし、朝のケーキをかじっている。コーヒーの煮つまってゆく匂い。蒸気のシューシューいう音。皿の微かにふれあってひびく音。

天井の高いカフェがいい。その街の通りにむかって開かれたカフェがいい。朝のカフェに、声高な言葉はおよそふさわしくない。朝のカフェは、清潔な孤独を、めいめいが静かにじぶんに確かめるべき場所だ。椅子は固い椅子がいい。ふと目をあげると、離れた席から、誰かが黙って微笑してくる。

いい一日になりそうな気がする。北アメリカの街の旅は、いつもそんな気もちのいい朝の街のカフェから、一日をはじめる。気もちのいいカフェを見つけたら、その街にいるあいだ、毎朝その店のかたすみに座ることから、一日をはじめる。

たった一軒のカフェに親しむだけで、知らなかった街が、ふいにどれほど、じぶんに親しい街に変わってゆくことか。朝の清潔な孤独を味わえる街の店に座っていると、そのことが浸みるようにわかってくる。

それが、旅だ。見も知らなかった街の密かな感情に親しくふれあうことが、旅の感情だ。そういう旅が好きである。目ざめる。窓に低く、静かな陶磁器の肌ざわりをもった朝の光りが射している。顔を洗う。それから、ホテルをでて、朝の道を横切る。微風が身体にはっきりとした輪郭をあたえてくれる。

何でもないカフェがいい。たとえば、ジョージア州のサヴァンナ。テキサス州のサンアントニオ。ニューメキシコ州のタオス。そうした名だたる街々の魅惑のみなもとのところにあるものも、街中に点在する、何とも言えないいいカフェなのだ。角を曲がる。すると、そこにさりげなくていい店が、きっと平凡な奇蹟のように開いている。

朝の街角のカフェの、明るいドア。それは秘密のドアだ。そこに、いままで知らなかった街への、秘密の入口がある。

ココアの香り

ハロウィーンが過ぎると、風が剃刀《かみそり》のように冷たくなった。北アメリカ中西部の小さな大学町の長い冬。ダウンタウンの角の明るいコーヒーハウスには、いつもジーンズの少女たちが溜まっていた。凍えた身体を抱いてはいってゆくと、いっせいにふりむいて微笑した。

少女たちは甘い香りがした。熱いココアの香り。少女たちはココアが好きだ。

冬がくると、アイオワ州アイオワ・シティで過ごした酷薄な冬を思いだす。ココアの香りと少女たちの清潔な微笑。それから、店に流れていたキャロル・キングの歌。それと、ジョン・アップダイクの一篇のココアの詩。

表面にうっすらと皺ができた
ぼくのココアは冷えちまったのだ

コップはかじかみ
　ぼくはふいに年をとる

これが年齢ってやつか
　泡だち　きれいなベージュ色に変わり
火傷《やけど》するほどに熱くなる
　ポットから注がれるそれだけのあいだに

あんまり早くにあんまり熱くなったので
　グーッとはとても飲めなかった
だから　ぼくは
　ほんのちょっぴり口をつけただけだった

つまり　そこに
　ふっ滾《たぎ》るココアをおいたまま

トーストを一、二枚
　バリバリやってたんだ

ところが　アッともいわず時はたち
　一瞬のうちに冷えちまったんだ
ぼくのココアは
　ぼやけた茶色になっちまった、ひっそりと

なんてことだろう！
　一度できちまったら
あゝ、ゼッタイ
　皺は永遠である

いい匂いのする少女たちと、熱いココア。急いで飲んだら、舌を灼いてしまいそうな冬のココア。コーヒーハウスのすみで、アップダイクの詩を本屋の包み紙の裏に訳しながら聴いたキャロル・キング。

その冬だった、ふいに年をとったことに気づいたのは。なんてことだろう！　思わず立ちあがった。

失くした帽子

帽子が好きだ。鳥打ち帽子だ。

初めて鳥打ち帽子を買ったのは、冬のシカゴだ。シカゴの冬はきびしい。帽子が放せなかった。一番好きだったのは青い縞模様の帽子だ。ある日、失くしてしまった。どこで失くしたか、どうしても思いだせない。

しましま帽子。それが失くした帽子の名だ。子どもが名づけ親だった。しましま帽子はどこにいっちゃったの。子どもに訊かれて、こたえられなかった。こたえに窮して、とっさに、失くした帽子を自由の女神の頭にかぶせてしまった。「しましま帽子はね、自由の女神にあげちゃったんだ」。

子どもと一緒に、ニューヨークにいったとき、自由の女神を見にいったことがある。自由の女神のあるのは、港のなかの島だ。船でゆく。船からは像全体が海のうえにはっきり見える。はじめはひとの身体とちょうどおなじぐらいに見えて、近づくとだんだんに巨きくなる。

あれが自由の女神だよ。指さしたら、子どもがふしぎそうにいった。あれ、あのひと、へんな帽子をかぶってる。

へんな帽子。自由の女神のかぶっている冠のことだった。どんな冠も必要としない時代を生きる子どもの自由な目で見れば、冠なんてただのおかしな帽子としか見えないのだろう。そのときのことを思いだして、わたしは、失くした帽子を思わず自由の女神の頭にかぶせてしまったのだった。

子どもに言ったことを、嘘にしたくなかった。それで、わたしは絵本のためのものがたりを書いた。それは長新太《ちょうしんた》による、わたしの失くした帽子を目深にかぶったみごとな自由の女神の絵にかざられて、『帽子から電話です』という一冊の絵本になった（偕成社）。ものがたりは、いまは『心の中にもっている問題』（晶文社）という詩集にはいっている。

失くしたしましま帽子が、自由の女神の頭のうえに、どうしてか落着くまでのおはなしだ。「王様は裸だ」と叫んだ裸の王様の話は、誰でも知っている。けれども、失くした帽子の話は、その逆の話になった。

誰もが「王様は裸だ」とすっかり思いこんでいるような今日、「王様は裸じゃない、やっぱり誰にもわからないような見えないへんな服を着ているんだ」と叫びたい子どものためのおはなし。

いちばん好きな帽子を失くして、失くした帽子のゆくえをたずねて、ものがたりに書いて、気がついたこと。それは、誰もそうと気づかなければ、あたりまえの真実というものはしばしばとっぴに見える、ということ。そのものがたりを読んで、子どもが言った。嘘だけど、ほんとうの話なんだよね。

帽子が好きだ。かぶっていると楽しくなってくる。帽子からは、嘘のなかから手品の鳩みたいに、真実が飛びだしてくるからだ。

絵　長新太

アイスクリームの風景

誰だって間違うことはあるし、間違う権利はひとの大切な権利だ。しかし、どうしようない間違いというものもまた確かにあって、たとえばアイスクリームについて、たかがアイスクリームと軽蔑することは、どうしようない間違いの一つだ。

たかがアイスクリームと舐めてかかる。すると、一生パルプでつくられたアイスクリームを舐めつづけて疑わない習慣が、どうしようなくついてしまう。それは、どうでもいいとは言えない間違いなのだ。

冷たくて甘ければいいのではない。爽やかで涼しい。それだけでいいのでもない。アイスクリームは、風景をもっていなければならない。

思いだす。ある晴れた朝だった。北イタリアの街、トリノの路上で、なにげなく立売りのアイスクリームを一個買った。口にふくむと、冷たく溶けた風景が、さーっと静かにひろがってきた。トリノの街は、アルプス下ろしの風に舞っていた。

アイスクリームのなかに、街と風景がある。

トリノのアイスクリームがそのときおしえてくれたのは、そうしたアイスクリームの秘密だ。どんな本にも書かれていない、どんな地図にも記されていない、その街の息づいている風景の匂いが、一個のアイスクリームの味には、冷たく微妙に溶けている。

たかがアイスクリームとは言えないのだ。どのアイスクリームも、街と風景がちがってしまえば、それはもうまったくちがう別のアイスクリームなのだ。トリノのアイスクリームは、さらさらと風花のようだった。ポーランドの古い街クラクフのアイスクリームは、ちがった。固くザラザラしていて、嚙みくだくと甘い土の匂いがした。

無類のアイスクリーム好きが集まって国をつくったと言えそうな、アイスクリーム好きの国アメリカのアイスクリームはどうだろう。南のアリゾナのアイスクリームは、陽炎《かげろう》よりも早く溶けてゆく。しっとりと森の匂いを舌先にのこすのは、北のミネソタのアイスクリームだ。けれども、風景の果実としかいいようがないのは、アメリカはアメリカでも、やはりハワイのアイスクリームなのだろう。

ワイキキのカラカウア大通りをまっすぐにぬけ、ダイヤモンド・ヘッドを廻って、ハイウェイ72にはいる。ハイウェイ72から61へ、そして山峡にはいってカメハメハ・ハイウェイに曲がると、左側にコオラウ連山が鋭く暗く迫ってくる。そのままゆくと、直下の日射しにつつまれた明るい店が右手に見えてくる。アイスクリーム専門の店だ。何でもあるが、マカデミアン・ナッツか、コナ・クランチにしたい。楽しい店だ。誕生日にゆけば、花模様のガーターを着けたウェイトレスたちが、テーブルを囲んで、Happy birthday to you を歌ってくれる。

鉢植えのパンのつくり方

熱いコーヒーに、焼きたてのパン。旅に欠かせぬものは、温かなパンとおいしい一杯のコーヒーにはじまる、いい一日だ。

朝食は、街のカフェにかぎる。朝のカフェに独得の、きりりと透きとおるような空気が、好きだ。フリーウェイを下りて、知らない街にはいり、知らないカフェを見つける。明るい窓に、OPENという親しい文字がでている。ドアを開けると、コーヒーとパンの匂いが、いっぱいにただよってくる。アメリカの車の一人旅の、いつも密かな楽しみは、まず朝食のパンだ。

テキサスの町々の朝のサワードー・ビスケット。ダッチ・オーヴンで焼きあげるカウボーイの伝統のパンだ。あるいは、メキシコ国境の町ラレドの朝の、ピーカン入りのパンケーキ。それと、ミシシッピのちいさな町のハックルベリー・パイ。アイオワのトウモロコシ畑のなかの町のコーン・ブレッド。秋のニューヨークの、朝の街角のプレッツェルの匂い。初夏のサンフランシスコのサワー・ブレッド。カリフォルニアのスペイン名をもつ古い町の、素朴なトルティーヤもいい。

忘れられないのは、ワシントン州の森のはずれ、長距離トラックの運転手たちのための、ちいさなカフェでの朝食のパンである。どこのどんなパンともちがうパンだった。鉢植えのパンだった。

鉢植えのパンというのは、つまり、粘土のフラワー・ポットで焼きあげたパンである。素焼きのちいさなフラワー・ポットに、焼きあがったパンがふっくらとおさまっていた。フラワー・ポット・ハーブ・ブレッドさ。訊ねると、微笑と短い答えがかえってきた。

鉢植えのパンのつくり方。——

特別な道具はいらない。清潔な素焼きの鉢の底の穴をフォイルでふさぎ、たっぷりとショートニングを敷いておく。ミキシング・ボウルに牛乳と水を入れ、イーストと砂糖をくわえて、よく掻きまぜる。さらに、溶かしたショートニングと小麦粉½カップをくわえてよくこねてから、打ち粉をふったのし板の上で五分ほどこねる。

生地ができたら伸ばし、ハーブを混ぜて、生地は丸いボールにして、油をひいたボウルに入れて、ラップで包み、倍にふくらんでくるまで、あたたかな風通しのいい場所に三十分ほど置いておく。

それから生地をもう一度のし板で伸ばし、胡桃《くるみ》の実を混ぜる。五分ほど休ませ、表面が固くならないうちに、用意したフラワー・ポットに詰めて、またラップで包み、さらに倍にふくらむまで、一時間ほど放っておく。

その後、ラップをとって、オーヴンで焼く。三十分あまりで、すばらしくこんがりと焼きあがるはずだ。焼きあがったら、すぐに鉢からはずして、よく冷ます。そうしてもう一度鉢にもどして、鉢植えのパンの出来上りだ。

けれども、つくり方を教わってはきたものの、鉢植えのパンの風味になくてはならないものは、ほんとうは別のものだったのだ。

なにより欠かせないのは、広くて深いおおきな森の澄んだ空気だ。朝の熱いコーヒーと温かなパンのおいしさを知るには、誰でもない一人のままで、知らない土地を旅しなければいけない。

ジェノヴァの布地

ある日、仕立屋のデイヴィスのところに一人の女がやってきて、うちの人のズボンをつくってくれないかと、デイヴィスに言った。

近所に住む大男の木こりの女房で、冬を越すのに、うちの人に薪をとりにいってもらわなくてはいけないのだが、穿かせてやるズボンがないのだ、と女は言った。

病気で寝こんでいるという木こりの身体の寸法がわからないので、デイヴィスは古いズボンをもってくるよう、女に言った。

一八七〇年冬、北アメリカ、西部の流れ者の街、リノでのことだ。

仕立屋といっても、ズック地で馬のブランケットや荷馬車のカヴァーやテントをつくることが、デイヴィスの商売だ。ズボンをたのまれたのは、大男でしかもはげしい仕事についている木こりが欲しているような、おおきくて丈夫なズボンが、街のどの店でも手にはいらなかったからだ。

テント地をつかって、つくった。仕立てはうまくいったが、厄介なのはポケットだった。ズボンのポケットが、当時の西部の男たちの悩みの種だったらしい。すぐに縫い目がほころびて、ポケットがとれてしまうのだ。つよい生地のズボンであればあるほどそうだ。

デイヴィスは、馬のブランケットをとれないように留めるリベットに、ふと目をとめた。それから、ズボンの前と後ろのポケットの両隅に、リベットをハンマーで打ちつけると、微笑した。もうズボンのポケットがとれてしまうというようなことはない。

エド・クレイ『リーバイス』(喜多迅鷹訳)という本によると、このリノの仕立屋が病気の大男の木こりのためにこしらえた、一本の穿きやすい丈夫なズボンが、世界で最初のジーンズだった。

それから百年あまりが過ぎ、時代は激しくうつり、世界の光景はいちじるしく変わったが、ジーンズはおなじだ。リベットつきの綾織りの木綿のズボン。ジーンズはいまなお、百年まえの北米西部の一介の仕立屋の心意気のままに、ただそれだけである。

ジーンズの独創は、それがあくまで平凡に徹しているということだ。

誰がいつ、どんなふうに穿いてもかまわない。どこまでもありふれたものである。

それでいて、いやそれだからこそ、ジーンズはそれを身につけるひとが日常にどんな社会的な身ぶりをもつかを、逆にたくまずしてはっきりあらわしてしまう。

衣服ではない。ジーンズは生き方だ、とされるゆえんだろう。すべからく君子はジーンズを身につけざるべしだ。

ジーンズのブルーは、インディゴ・ブルーと決まっている。それはブルーが、ガラガラヘビが何よりきらう色だと信じられたからだったらしい。ジーンズというのは、イタリアのジェノヴァで織られた布地を意味する、ジェノイーズという意味がなまったものというが、なぜジーンズとよばれるようになったかには、嘘みたいな説がある。アメリカをめざしたコロンブスの船団の帆がジェノヴァの布地、つまりジーンズだったというのだ。

四角いドーナツ

アメリカのロースト・コーヒーは、淡くてかるい。朝にふさわしい味だ。ぐっと一息に飲む。一杯目で舌を熱く灼いて、二杯目はゆっくりと飲む。

朝食のメニューはいい短篇小説のように楽しいものだ。カフェの朝食には、その街に独得の雰囲気がある。思いがけない味に出会うと、一日が明るくなる。キリッと辛いハッシュド・ポテト。スピナチのスープ。卵がめっぽううまいのも、朝食だ。

もしサンフランシスコなら、どのカフェでもいい。ゆきあたりばったりでいい。坂の街である。坂が街の建物を波うたせていて、とりわけ朝の光りのなかで、街は、微妙な光りと影の交錯をみせる。斜面の舗道に、長く冷たく建物の影がのびて、そのさきに明るく光りの溜まり場ができる。坂を駈けおりるケーブルカーの音が新鮮にひびく。どんなカフェも窓がおおきくて、天井が高くて、パンケーキがうまい。それから、あてもなく今日一日をどうするか、考えるのだ。

ニューヨークなら、うまいエスプレッソ・コーヒーを飲ませるちいさなカフェが街角にあるし、そうした店はきっとパンケーキがうまい。街角の路上のホットドッグもわるくないけれど、寒い朝なら、ユダヤ料理店で、モトセ（ユダヤのパン）をしずめた熱いユダヤのスープをすする。

ホットドッグならシカゴを第一としなければならないが、シカゴにはうまいワッフルの店もあって、シカゴにいったら、グラント通りの店に寄って、フリスビーぐらいはあるおおきなワッフルに、メイプル・シロップをたっぷりと垂らして食べたい。

もしニューオーリンズなら、朝のフレンチ・マーケットだ。霧深い早朝にゆくと、野菜つくりの農夫やメキシコ湾の漁師や肉売りや花売りのトラックで、市場はいっぱいだ。土の匂い、草木の匂い、奇妙なしょうがのような匂いがして、活発な取引きの物音がわんわんひびいている。その市場のなかに一軒、ひろくておおきなカフェがある。

カフェ・デュ・モンド。ニューオーリンズにいって、朝、この店の、穴のない真四角のドーナツとカフェ・オ・レをとらなかったら、ニューオーリンズにいったとはいえない。いつもひどく混んでいて、街の人たちがつれだってやってきては、がやがや喋りながら、砂糖をいっぱいにまぶした、四角いドーナツを頬ばっている。ぶあつい マグから、いまにも零れそうなカフェ・オ・レをすする。

メキシコ湾に面したニューオーリンズは、冬でもじわっと汗ばんでくる。半袖でいい。路上にはもう、クラリネット吹きとバンジョー弾きがでている。鉄飾りのついたアーケードの下を、靴みがきの道具をかかえた黒人の少年が走る。潮の匂いがどの建物にも浸みついている。明るくて陽気なくせに、どこか淋しく、何もかもが古くて、がたぴしの街だ。

骨董品と、新鮮な魚と、果物と、物悲しいディキシーランド・ジャズと、生牡蠣の街。ミシシッピ河口のこの古い街の一日は、朝のカフェ・デュ・モンドの白い四角いドーナツと、一杯のカフェ・オ・レからはじまる。

トルーマン・カポーティという名の無名のニューオーリンズの少年が、空腹をかかえて、やがて世界中の誰をもアッといわせることになるはじめての小説を、孤独のうちに書きはじめたのも、ある朝、カフェ・デュ・モンドの騒がしいテーブルで、一杯のカフェ・オ・レと四角いドーナツをまえにしてだった。

ママとモリタート

ちいさな店だった。コーヒーとビールを飲ませるだけの店だ。ちいさな椅子が七つ、八つ。それから奥に、古いソファーが一つ。二階へゆく階段が低い天井にせりだしているので、立ちあがるときは頭に注意しなければならない。話をしにゆく店ではなかった。

黙って、はいる。黙って、コーヒーを飲む。そうして黙って、立ちあがる。その店の客は、みんなそんなふうだった。いいジャズを聴かせた。仲のいいジャズ好きの従兄と、いつも一緒にいった。夜遅くゆくと、きまってカーキ色の服を着た黒人が一人、奥のソファーに身を沈めていた。いつもじっと目をつぶっていた。

「ママ」という名のその店は、わたしの記憶では、そんな店だった。とうの昔に無くなってしまった。コーヒー一杯で苦い音に酔って、真夜中近く、その店をでてくると、東京駅のうえに、冷たい星が無造作に散らばっているのが見えた。

八重洲口前がまだ水溜りのいっぱいある広場みたいだったころだ。一九五〇年代の終わり近くだ。そのころはジャズを聴かせる店は、まだ都内におおくはなかった。わたしたちはジャズを、スージャと隠語でよんだ。

「ママ」が忘れられないのは、その店ではじめて聴いた一枚のレコードのためである。ソニー・ロリンズの「モリタート」。ただ真ッ青なだけのジャケットだった。そのブルーを背景に、たくましいサックス吹きの影像が、黒々と浮かびでている。「ママ」の暗い壁には、束になった乾いた銀色の玉葱と一緒に、いつもその青いジャケットが懸かっていた。

ロリンズの音は圧倒的だった。すばらしい中距離走者の太腿の筋肉を目のあたりにしているようだった。風に汗の匂いが混じって、ゆるやかなカーヴをまわると、たちまちするどい直線がせまってくる。ロリンズのサックスは音というより、烈しい息のようだった。

モリタートというのは「殺しうた」だ。殺しを物語るバラードを意味する言葉である。

ロリンズの「モリタート」は、詩人で劇作家のベルトルト・ブレヒトと作曲家のクルト・ヴァイルがつくった『三文オペラ』の匕首《あいくち》マッキーのモリタートをもとにしている。

そのときは、そうしたことは知らなかったし、ただロリンズの「殺しうた」に夢中なだけだった。

それが何かを熱く話しかけてくるのを感じながら、その何かが何か、はっきりとわからなかった。

ただ、「何か」がそこにある。そのことは痛いように感じられた。いまでもふっとロリンズのソロがよみがえってくることがある。その「モリタート」を思いだすと、あの暗いちいさな店を思いだす。

詩はモリタートを本質にもつ言葉だと、わたしは考える。

時代のモリタートであるような詩の言葉。詩へのそうしたわたしの感じ方というのは、そのときは考えもしなかったことだけれども、無言の時間に醸《かも》された暗いちいさな店の隅で、ロリンズの「殺しうた」に耳を澄ましていたころの日々の記憶に、あるいは根ざしているのかもしれない。けっしていい時代ではなかった。しかし、「ママ」は、いい店だった。

何かが変わった

『真夏の夜のジャズ』が、引き金だった。始めから終わりまでおそろしく素敵な映画で、見終わっても席を立つ気になれなかった。結局、その日の最終回まで、新宿の映画館で一人で見つづけた。夢中になったのはそれからだった。

ジャズはもともと好きだった。よく聴いていた。そのころのジャズは、二つの流れに分かれていた。黒っぽい東海岸派《イースト・コースト》と明るい西海岸派《ウエスト・コースト》。わたしは東海岸派びいきだったが、西海岸派もわるくはなかった。東海岸派であれ西海岸派であれ、わたしが聴いていたのはインストルメンタル・ジャズだ。『真夏の夜のジャズ』にも、そのころのジャズのヒーローたちがたくさんでていた。

しかし、見終わったあと、何かが変わった。ジャズのヒーローたちの影像が遠のいた。わたしが夢中になったのは二人の女だった。マヘリア・ジャクスンとアニタ・オデイ。

堂々と太ったマヘリア・ジャクスンがキラキラした目で歌い込んだ、深い河のような黒い讃美歌。アニタ・オデイは疲れたような顔に、おおきな白い帽子を斜めにかぶっていた。嗄れた声でチャタヌガ・チューチューを歌った。歌いおえると、細い指で靴下をなおした。その手つきに、ぞくッとくるような魅力があった。

レコードを買いこんできて、狭い部屋で、繰りかえして聴きはじめた。煙草のけむり。バーボン・ウイスキーの匂い。深夜の長距離バスの待合室。埃りっぽい下町に立っている女たちの微笑。あるいは、綿毛の飛ぶ日向くさい悲しみの街の朝。『真夏の夜のジャズ』を見てからというもの、ブルースを歌う女たちにすっかりこころ奪われてしまった。髪に花飾りをつけた陽気なエラ・フィッツジェラルド。ニーナ・シモンは、鋼色の声をしていた。朝、起きがけに煙草を吸う。指先がスーッと冷たくなる。そんな感じだった。煙草をやめてもうずいぶんになるけれど。

それからサラ・ヴォーン、クリス・コナー、アビー・リンカーンなどなど、いずれ劣らぬ魅力的な女たちにながいあいだ夢中だった。とりわけ、カーメン・マックレーの「バークレー広場でナイチンゲールが歌った」がはいっている「鳥の歌」は、レコードがザーザー泣きだすまで引き寄せられるように、繰りかえし繰りかえし、毎日聴きつづけた。

ベッシー・スミスとビリー・ホリデイを聴いたのは、それらの女声ジャズ・ヴォーカルのレコードをほとんど聴きつぶしてしまった後である。

だが、ベッシーとビリーは、それまで聴いてきたジャズ・ヴォーカルとは、まったくちがう何かだったのだ。ベッシーやビリーを聴いた後では、それまで聴きほれていたサラも、エラも、ニーナも、クリスも、結局はベッシーとビリーのつくりだした深く新しい感情の領域をさらに確かめながら歌っているのだということが、わたしのような孤独で気ままな聴き手にも、だんだん滲むようにわかってきた。もちろんアニタ・オデイやカーメン・マックレーにたいする偏愛がそれで薄れてしまったわけではなかったけれど、ビリー・ホリデイやベッシー・スミスを聴いてはじめて、なぜジャズの魂は歌なのかということが、痛いように理解されたのだった。

ベッシー・スミスを讃える

ベッシー・スミスといっても、いまとなっては知らないひともおおいのかもしれない。ジャズ・エイジとよばれた一九二〇年代アメリカの生んだ最高のブルース・シンガー。その全集、『ベッシー・スミス物語』は、日本でもかつて三枚組のLPででたことがある。その発売の日に、わたしは、新宿三丁目のレコード・ショップに息せききって駈けつけた。

ベッシー・スミスの歌をいったん聴きだすと、いつでも思わず、じぶんのこころがふりかえっているのに気づく。しんみりするというのでもなく、悲しくなるというのでもなく、こころがふりかえるというしかないような、澄んだ憂鬱に襲われるのだ。

ベッシーの歌を好きなのは、それが、ひとの免れることのできない憂鬱な感情というものを、けっして自閉的にとらえることをしない歌だからだ。ベッシーの歌は、絶望そのものを明るくする。陽気な歌ではないが、重苦しい絶望の歌ではけっしてない。

ベッシー・スミスのブルースは、言ってみれば明るく日の射す午前に、テーブルのうえに椅子をみんな上げて、水をいっぱい吸ったモップで床掃除をしながら、思わず口ずさんでしまうような、そんな鋭い悲しみにみちた歌だ。

憂鬱や悲しみこそが、ひとの生きるためのワーク・ソングなのだ。ベッシー・スミスの歌を聴いておぼえたのは、その単純な秘密である。

じぶんの憂鬱や悲しみを軽蔑したり、あるいは逆にそれに甘えたりせずに、真にじぶんのものにすることができなくてはいけない。ベッシー・スミスの歌は、いつでもそうと、訥々《とつとつ》と語りかけてくるようだった。

じぶんの憂鬱や悲しみ、あるいは苦しみをしっかりと握りしめるということがおそろしくできなくなってしまっている。いまはそんなふうではないだろうか。誰もがよそよそしく生きることに慣れすぎていて、生身のじぶんをつくっている単純な感情のもつ力にむきあわない。

悦びとか誇りの気もちは、それ自体美徳に算えられているから、その表現を恥じるというようなことは、そうそうはないだろう。しかし、憂鬱や悲しみ、あるいは苦しみとなると、もっぱらそれらをすぐに自己閉鎖的にしまいこもうという姿勢が、いつのまにか言わず語らずの習慣になってしまっている。

そんな疑いを、わたしは消せない。その疑いは、ベッシー・スミスの率直きわまりない歌を聴いていると、どうしようもなく深くなる。たとえば、「チケット・エイジェント（切符売場）」という歌（油井正一訳）。

出札さん、窓をしめてね。
出札さん、窓をしめてね。
恋人が私を捨てて、
町から出てゆこうとしているの。

世界中がぐでんぐでんに酔払わないかしら。
世界中がぐでんぐでんに酔払わないかしら。
恋人が荷造りをはじめるかわりに。

彼が私を必要としないなら、

私をごまかす権利はないはずよ。
彼が私を必要としないなら、
私をごまかす権利はないはずよ。
私はたくさんの男ができるもの。
汽車から吐き出されるよりもっとたくさんの男が。

素直でまじめでない人は大きらい。
素直でまじめでない人は大きらい。
そんな人ならどこにでもいるから。

こんなに切実でつらい歌はなくて、聴いていると涙が勝手にでてきてしまいそうになるくらい、情感のじーんと滲みでる歌なのに、しかしここでも、感情の明るさ、不屈さ、やわらかなバネのような、澄みきった単純さがすこしも損われず、いま、ここに失われていないということに打たれる。
ひとの感情にはよい感情とよくない感情があり、よい感情が上等で、そうした上等な感情をできるだけいっぱいもつことが美徳なのだと考えてやってゆくというふうな生き方は、正直な生き方ではない。ひとは美徳によって生きない。じぶんがじぶんにもとめる気概によって生きるものだろうからだ。

ベッシー・スミスの歌は、そのどれもが率直になることに力を尽くし、こころを傾けた歌だった。その歌を繰りかえし聴くことによって、人間のつよさは、言葉を荒げることでも荒ぶった行為をなすことでもなくて、一個の私がどれほどの気概をもって流されずに生きられるかどうかだということを、わたしは密《ひそ》かにまなんだと思う。

じぶんでじぶんを甘やかさずに、ただじぶんでじぶんをはげます率直さをもつことができたらいいのだ。大事なのは、「素直でまじめでない人は大きらい」とまっすぐに言いきれるような、そのような一個の私をじぶんでじぶんに荷うこと。それだけなのだ。

ビリー・ホリデイという生き方

ビリー・ホリデイの自伝『奇妙な果実』（大橋巨泉・油井正一訳）は、ビリーのレコード「奇妙な果実」を聴きながら、繰りかえし読んだ本だった。その本の湛える無垢《むく》なまでの率直さに、わたしは捕らえられた。そのまっすぐな言葉のありようは、ビリー・ホリデイという名の、一人の女の生きた一個の生き方に深く根ざしている。

ビリーにとっての歌は、歌という芸術ではついになかったのだと思える。歌は歌という生き方であり、歌をうたうことによってビリーは、ビリー・ホリデイの生き方をつくった。

『奇妙な果実』という一冊の本がひらくビリーの秘密は、ビリー・ホリデイという「偉大なシンガー」の何か特殊な秘密などではないだろう。じぶんの感情を裏切らずに生きるという一個の生き方を、どうやってつらぬいたか。そのために、歌というものをどのようにじぶんに必要な真実として生きたか。ビリー・ホリデイの秘密は、どこまでもその一人の生き方の、ぬきさしならない秘密にかかわっている。ぬきさしならない秘密は偽われない。

ビリー・ホリデイを「ジャズ史上最高の名シンガー」とか「ジャズの不滅の女王」といった見方で見ることはまちがいだ、と思う。ある意味では、ビリーはプロフェッショナルな歌い手でさえなかったのだ。ビリーの歌を、深夜に一人で部屋の真ん中に座って、缶ビールを空けながら聴いていると、歌がいかに職業化、商品化されえないような本質をみずから生きてしまうものか、いつも感じ込まされた。歌が誰にとっても必要な日々の言葉であることを、ビリーほど生々しい仕方で思いださせてくれた歌い手は、いなかった。

ビリーは、楽譜の読めない歌い手だった。だが、歌の言葉をたいへん大事にした歌い手だった。スキャットではけっしてうたわず、歌の言葉はつねにはっきり鮮明にうたった。それは、ビリー・ホリデイという人が歌を、なによりもまず言葉としてうたった人だ、ということだ。

一九二〇年代に生きたベッシー・スミスは、一九三〇年代に生きたビリーよりずっとスポンテイニアスな歌い手だったが、ビリーは、ベッシーの歌にはまだ隠されていた「言葉としての歌」という歌の本質を公然ととりだして、歌の言葉を言葉いっぱいに生きることで、人びとにとっての歌を、どこまでも開かれた言葉として世に示したのだった。

ビリーの晩年に歌の伴奏をつとめたジャズ・ピアニストのマル・ウォルドロンが、東京にやってきたときインタヴューに答えて言った言葉を思いだす。マルはこんなふうに言ったのだった。

「音楽的にも、私はビリーから大切なことをまなんだ。その一つは歌の言葉を理解する、ということでした。かりにビリーが憎しみの歌をうたうとき、もしじぶんがその歌の言葉を理解していなければ、おかしなものになってしまう。いまでは、私は、じぶんの作品にはかならず歌詞をつけてみることにしています。それによって、じぶんの感情をうまく表現しえているかどうか判断し、またときには歌詞がメロディーを誘いだしてくれるときもあるのです」

ビリー・ホリデイの歌のもつ力は、ビリーが言葉というものを、具体的にそれを生きるものとして摑んでいたことに発しているだろう。「飢え《ハンガー》とか愛《ラヴ》という言葉を、ビリーのようにうたう人はいない」と評されたとき、ビリーは言った。

「それは、きっと私がそれらの言葉に含まれる意味を、生々しくおぼえているからだろう。きっと私が、ボルティモアや、ウェルフェア島のこと、カソリックの感化院、ジェファーソンの法廷、ハーレムのクラブに張り込むシェリフ、数々の心の痛手をあたえられた各州の町々、フィラデルフィアやオルダーソン、ハリウッドや、サンフランシスコ……そういった思い出の一切が、生々しく胸の底に、焼きついているからだろう。世界中のキャデラックやミンクの毛皮をもってしても償いえない体験——そこでまなびえた一切が、この二つの言葉のなかにはふくまれているのだ。人生には、お説教をうけるまえに、食べものと愛がまず必要だ」

あるいは、白人の私刑に遭った黒人が木から吊り下げられている光景をうたった「奇妙な果実《ストレインジ・フルーツ》」について、ビリーは言った。

「この歌は、私の最大のベスト・セラーになった。今もって私はこの歌をうたうたびに、沈痛な気持になる。パパの死にざまがまぶたに浮かんでくるのだ。しかし私はうたいつづけよう。リクエストしてくれる人びとのためばかりでなく、二十年を過ぎたいまでも南部では、パパを殺したときとおなじようなことが起こっているからだ。この歌のために私は何回もつづけて、ふしぎな経験をした。この歌には、頑固な偏見をもつ人と、まっすぐな人を分ける力があった」

ビリーにとっての言葉とは、経験である。

ビリーはしかし、あくまでも個人性の経験をその歌のなかから手ばなすことをしなかったし、他人の経験をうたわなかった。公共のためにうたうことをしなかったビリーは、言葉をなによりじぶんの言葉として、はげしく私有してみせた。それが、ビリーにとって歌をうたうということだったのだ。だから聴き手は、ビリーの歌において、個人性の経験と普遍性の経験とに、そうと知らずに同時にとどくことができるのだ。

歌の巧い歌い手の歌の巧さのなかにもう一つ欠けているものが、そのような感情の直接性、独自でいて普遍的な感情の物語とでもいうべきものだということが、深夜に一人ビールの缶を空けながら、ビリーを聴きつづければわかる。

「好きな曲を、好きなように吹きこむために、どんなにしてでもたたかわねばならないか――私はある歌をレコードにしたいというだけで十年もたたかいつづけたことがある」と、ビリーは淡々と語っている。じぶんの好きな歌を好きなようにうたうという、ただそれだけのことでさえ、それを「芸術」や「商品」としてではなく、みずからの「生き方」としてじぶんに荷おうとするやいなや、それはたちまちにして一つの「たたかい」とならざるをえないのだということを、『奇妙な果実』という本は伝える。

それというのも、ジャズは歌であり、そして、歌は商品ではないからだ。歌は本質的にworkなのである。ビリー・ホリデイは、そのことをおしえてくれた一人の女だった。

ラウンド・アバウト・ミッドナイト

そのころはいつも、仲間と一緒だった。仲間といえる連中をむすびつけていたのは、とにかく「何か」がしたいというあてどない希望だ。ただそれだけのために、わたしたちは、夜も昼も、池袋の盛り場のはずれの貸ガレージの階上の、仲間の一人の部屋にあつまった。そうして情熱と議論を、さんざんな疲労にかえて、後悔しなかった。「ぼくは二十歳だった。それがひとの一生で一番うつくしい年齢だなどと誰にもいわせない」（ポール・ニザン）。誰かが叫び、すでに二十歳という年齢すら急いで遠ざかろうとしていた全員が同意した。

一九六〇年代半ばの話だ。ジャズ・エイジといえば北アメリカの一九二〇年代のことだけれども、わたしたちにとってのジャズ・エイジは、六〇年代だった。貸ガレージの階上の部屋で、仲間たちでいま、ここにまだない「何か」をめぐって空想の限りを尽くすには、何もいらなかった。黄金色のウイスキーとイカの足と無駄な時間があれば、それでよかった。

わたし個人は女性ジャズ・ヴォーカリストに夢中だったが、みんなが魅せられていたのは、マイルス・デイヴィスのトランペットだった。マイルスの「ラウンド・アバウト・ミッドナイト」だ。

あのころいつも結論のない議論を締めくくったのが「ラウンド・アバウト・ミッドナイト」だったのだ。マイルスのトランペットに、わたしたちはそれぞれに、じぶんたちの希望のための（ノーマン・メイラーの小説の印象的な言いまわしを引けば）「挑戦の小さなトランペット」の響きを聴いていた。

青春の時間は、真夜中を中心にめぐる。そうして後に「何か」としてしか思いだせないような「何か」だけをのこす。あれから真夜中の仲間たちはちりぢりに去り、たがいをむすんだ夢もまた粉々に砕けちったが、いまも耳の奥に、まだマイルスのトランペットの鋭い響きはのこっている。

スラバヤ・ジョニー

(あたしは若くて、たったの十六歳だった。ある日あんたがあらわれて、あたしに荷物をまとめろと言い、あたしは荷物をまとめ、あんたはあたしを連れだした。あんたはちゃんと働いてんの。それとも行方さだめぬ船乗りなの。鉄道乗りさ。ベイビー、心配ねえよ。何とでも言えたのね、ジョニー、ぜんぶ嘘だったわ。はじめからバカだと思ってたのね。あたしをあざわらってたあんたを憎むわ。ねえパイプをくわえてないでよ、ジョニー)

「スラバヤ・ジョニー」という歌をはじめて聴いたのは、もうずいぶんむかしになる。新しい芝居をゆめみる七人の青年が、目黒の墓地の真ん中の白い家に毎晩あつまって、タコの燻製でウイスキーを飲みながら、ああでなくこうでなくさんざん論じたあげくに、とりあえず観客のいない芝居をはじめることにして、三人が柱をノコギリで切って舞台をつくり、二人が古ピアノを探しにゆき、一人が写譜し、一人が歌のある台本をまとめた。

　その墓地のなかの白い家で、わたしをいれてたった観客三人をまえに上演された「ブレヒト・オン・ブレヒト」という芝居歌の一つが、「スラバヤ・ジョニー」だった。きびしいダメ。光る汗。目の色を変えて稽古にとりくんでいた七人の友人たちの表情を思いだす。

　稽古が終わると、一台のカブトムシ、黄色いフォルクスワーゲンに、みんなで乗りこんだ。渋谷まで、深夜の道をまっすぐ突っ走って、恋文横丁の店で豚足を嚙《かぶ》った。みんなが分けもっていた気分は一つだった。何も実現できなくても悔いない。だがともかくも、器用に生きることだけはしたくなかった。

「スラバヤ・ジョニー」は、不器用な生き方しかできない一人の若い女の歌だった。『三文オペラ』で世界中をアッといわせたベルトルト・ブレヒトとクルト・ヴァイルの二人組が、そのすぐあとに、夏のアムメル湖で一息に書きあげた寄席芝居『ハッピー・エンド』の挿入歌の一つだ。

『ハッピー・エンド』は、風の街シカゴを舞台とするギャングの頭目ビル・クラッカーと救世軍の女性ハレルヤ・リルの物語。つまり、「野郎どもと女たち」の童話だった。

けれども、不運なことに、一九二九年のベルリンの初演がみじめな出来で、それきりまったくオクラになってしまう。

　ずっと忘れられていた『ハッピー・エンド』のすばらしい歌をよみがえらせたのは、ロッテ・レーニャが一九五五年、ハンブルクで吹きこんだ『クルト・ヴァイルによるベルリン・シアター』というみごとなアルバムだ。ロッテ・レーニャはヴァイル夫人、そして、二〇年代ベルリンの生んだもっとも魅惑的な女優だった。

　ある朝とても早くに、友人たちと、中野鍋屋横丁の淋しい映画館にいそいそとでかけていったのを憶えている。『００７／ロシアより愛をこめて』。目当てはジェイムズ・ボンドではなかった。ボンドを執拗につけまわして悩ませる、靴の先に鋭いナイフを匿した「敵」の老練な女スパイだった。それがレーニャで、『三文オペラ』の伝説的な成功でデビューしたベルリンのエキセントリックな少女は、すでに底意地の悪い老女をやらせたら右にでるもののいない、凄味のある女優だった。

（最初あんたは優しかった。親切だった。でも、あたしが荷物をまとめるまでだった。二週間たったら、もうあたしをあざけって、殴って、街じゅう引きまわした。鏡をのぞくと、どこかのさらばえかけた女があたしを見つめてる。あんたが欲しがったのは愛じゃないわ、ジョニー、お金だった。もってるものはぜんぶあげたけど、あんたはもっと欲しがった。そんな目で見ないでよ。あたしはただ話してたいだけ。にたにたわらうのはやめてよ、ジョニー）
（出会ったときに、あたし訊くのを忘れたのよ。どうしてみんながあんたをおかしな名でよぶか。あんたは港町のどのホテルでもおなじみだった。あたし疲れたわ。あんたをつかまえたいけど、あたしの腕じゃとどかないのよ。あんたがここにいなくても、誰も気にもしないわよ。あんたは愛を手にとってもみなかったのよ、ジョニー、ただのワルよ。何も言わずにいっちまうのはやめてよ、ジョニー、どっちみちあたしはあんたを愛してるんだもの。はじめて会った日のように、あざわらわない目であたしを見てよ、ジョニー）
「スラバヤ・ジョニー」という名の不実者とは誰なのだろう。どうやらそれは、人生というやつの綽名らしいと気づいたのは、目黒の墓地のなかの白い家ではじめて「スラバヤ・ジョニー」を聴いてから、両手の指で算えられなくなるまで、幾つもの冬が過ぎてからだ。
深夜の街で一台のカブトムシ、黄色いフォルクスワーゲンに押しあいへしあいしあった七人は、あれから一人は癌で早すぎる死を死に、一人はふっつりと消息を絶ち、一人は生まれてきた重度障害児をかかえ、一人は突然網膜をやられ、一人は離婚して結婚して別居し、次々に近しい人を失くした一人は、夢を仮想現実に移し、もう一人は酒に足をとられて、病魔に襲われ、この世を早々と去っていった。

わたしたちを夢中にさせたロッテ・レーニャも伝説だけのこして、すでに鬼籍の人になった。「わたしたち」だったわたしたちもまた、「わたしたち」でなく一人一人になり、あれから二度、急いで世を去った二人の通夜で会っただけだ。

けれども、いまでも胸の底に、かつての問いが答えなくのこっている。――あれから、何も実現できなくても悔いはない人生の時間を送ったか。おたがい、器用に生きることはしない生き方をまもったか。

ジャニスへのさよなら

ジャニスの歌は、さよならの歌に聴こえる。その歌を聴きはじめて、ほとんどすぐに、唐突に、その死がやってきたせいだ。

ジャニス・ジョプリン。ロサンジェルス郊外のモーテルで、ある日たった一人で死んでいるのを発見された。二十七歳。一九七〇年の秋の日曜日だった。その一個の死が、まるでたったいま過ぎさったばかりの、六〇年代という同時代へのさよならのように、身近に感じられた。

ミシシッピ河の土手で醸造されたとラベルにあるサザン・カンフォートという酒で、がらがらにつぶれた咽喉を洗いつづけて、ジャニスは、クスリに溺れて倒れた。クスリの多量摂取による事故死だった。ほとんど自殺のような死だった。

「アア、とても淋しい、アアア。すると誰かがきていうのさ、さあ元気だせって。ちっくしょう！　も・う・い・ら・な・い・ん・だ・よ！　これが人生なんだよ」。短い一生をつうじて、ジャニスはそれ以上のことは語らなかった。

たったそれだけのこと、かもしれない。だが、たったそれだけのことを、精一杯じぶんの本当の声で語るなんて、そうそうできない。ひとの生きようは、つまるところたったそれだけとしかいいようのない貧しさを、外傷のように負っている。ただ誰もそのことを、じぶんに公然と認めたくないだけである。

「何もないってことはないんだ。何かが足りないってことが、ブルースをうたわせるんだ」。ジャニスは白人だった。白人にブルースがうたえるものかという非難にこたえて、ジャニスは言った。「魂には特許なんてないわ。黒い魂の神話がどうやって生まれたか知ってる？　白人がじぶんたち自身に、物を感じることをゆるさなかったからよ」。

テキサスの石油精製工場の密集する街に生まれた一人の女がじぶんに手放すまいとしたのはただ、たったそれだけにすぎないようなじぶんのいま、ことというものを、ありったけ生きとおす一個の生きかただった。

ジャニスは世にいう美しい女ではなかった。ちびで、じぶんをひどく醜く思っていた。男たちはいつでもじぶんを「上等の洗濯機かなんかのようにしか」見ないと言い、女優のチューズディ・ウェルドやラクエル・ウェルチのようでないことは日々の重荷だと言った。鳥の羽根を髪に飾ることが好きだったが、そうすればじぶんをおおきく感じることができるからだった。

ジャニスは幸福なときでもまだ幸福じゃなかったと、ジャニスに親《ちか》しかった友人の一人は言った。みんなを楽しませずにはいられなかったが、それはじぶんのためじゃなかった、と。ジャニスは奔放なうたいっぷりで、たちまちのうちにトップ・スターになったが、質素につつましく暮らした。クレジット・カードをけっして手にしなかった。

「あたしにわかってるやり方で、やりつづけねばならないんだ。わかる？　この世で生きてるかぎり、あたしはここでパーティをひらいてるのさ。あんただってそうする義務があるんだ」

「あたしはただの人間。たった一つのことしかできない。誰だっていつかは何かができるんだ。でも人間って、一人の人間がどんなことができるかってことに気づかなければ、ぼんやりしてて、ダメな人間として終わっちまうんだ。じぶんのやってることをうまくやって、すごく働いてるひと、それがアーティストなんだ。あたしのことをスターだなんて、よばないでよ」

ジャニスがのぞんだのは、街の人間《ストリート・パーソン》になることだ。室内をきらった。室内は誰にも好かれず、一人で寝なければならない怖しい場所だった。

ジャニスは歌の言葉を大切にした。「演奏するってことは一つの感情をとりあげ、それを聴く人が、読みとれて、理解できる、完成された、無駄のない何かに変えることだ」と信じた。

魔女のような茶色の髪をした、太った娘がいる。肌は傷だらけで、でこぼこだ。よごれた男物のシャツとボロボロのジーンズを身につけている。だが、その声を聴くと、背骨までしびれる。そんなふうにジャニスは人びとのあいだにいたのだと、ジャニスの伝記作者は言う。

マイラ・フリードマンの『ジャニス・ジョプリン』(沢川進訳)を読むと、この世でたったこれだけでしかないじぶんというものを身一杯もちこたえる一人の姿勢こそが、どんな既成の芸術にものぞむべくもなかった、一個の人間の押しころされてきた歯がみや悲鳴を、ロック・ミュージックのなかに切実によみがえらせたことがわかる。聴きたくないひとにとっては、それが常軌を逸しただただの騒音のようでしかなかったにせよ、だ。

ジャニスを聴くと、胸がつまる。ジャニスは、銹《さ》びたカミソリの刃が幾枚も沈んでいるウイスキーだった。その声を聴くと、こころが削られるような気分になった。ジャニスの歌は、いつだって多情多恨だった。

デイヴィッド・ドルトンのつくった『ジャニス―ブルースに死す』(田川律・板倉まり訳)というジャニスとの生き生きとした対話の記録が伝えるのも、たった一人で死んでいった一人がじぶんにまもった、奇妙に真剣な生きっぷりだ。いまでもビデオで見ることのできるジャニスの羞んだ笑顔はとても魅力的だが、ジャニス自身はひとの笑顔を信じることはついにできなかった人だったのだろう。ジャニスの歌には、微笑がない。

ジャニスをのめりこんで聴くことはすくなくなっても、ジャニスを聴きつづけたころのくせはのこった。いい歌を聴くと、咽喉がかわく。そして、ロッキー山脈の春の雪解け水でつくったという缶ビールを、どうしても空けたくなるのだ。

生きるための必要

ブートレグ（海賊盤）を手に入れることは、ＣＤの時代にはとくに難しいことでない。けれども、ＬＰレコードのころにはそれほど容易なことではなかったのだ。だから、下北沢で二枚組のブートレグを手に入れたときはすくなからず昂奮した。

ボブ・ディランの、それはながい沈黙の後の、一九七四年のアメリカ横断のコンサート・ツアーの実況盤だった。海賊盤のつねでかりにもよい録音とはいえなかったが、ピリリと緊迫する臨場感をつたえて、聴いたあとに、そこに肉体をもつ確かな言葉が立っているという印象が熱くのこったのを、いまもつい昨日のように憶えている。

風変わりな嗄れ声とむしろ耳ざわりな調子で、ディランは、いつのときもふしぎに親和力にみちた歌をうたってきた。「時代は変わる」……「デソレーション・ロウ」……「ライク・ア・ローリング・ストーン」……「彼女に会ったら、よろしくと」……「リリー、ローズマリーとハートのジャック」……

ディランの歌は、「全肉体が係わる上演」を生きる歌だった。「全肉体が係わる上演」（エンアクトメント）に詩の表現を見、詩とは「生きるための必要」であると言ったのは、アメリカのもっとも刺激的な批評家のケネス・バーグ。ディランを聴くたびに、わたしはそのバーグの言葉を思いだした。バーグの言うエンアクトメントとしての詩の発現にこそ、ディランの歌の本質的な新しさは根ざしているだろう。わたしにはそうと感じられた。

ハーモニカをくわえ、ギターをかかえて、よれよれのジーンズをはいて「風に吹かれて」という歌をひっさげてあらわれて以来、ディランはさんざんにいろいろな呼び名を背負わされてきた。いわく、北アメリカの音楽的良心。いわく、フォーク・ロックの革命家。いわく、新しい意識の予言者。けれど、ディランは、それらにことごとく否をもってこたえ、じぶんにふられた時代のヒーローとしての身ぶりをあくまでもしぶとく、慎重に退けてきた。

一人のままにうたい、ヒーローのようにうたうことの拒否をつらぬいてディランがのぞんだのは、すなわち「生きるための必要」としての歌という、それだけである。そうした歌をうたうには、よい耳と一つの心臓があれば、それでじゅうぶんだ。

いまでは『ボブ・ディラン全詩302篇』（片桐ユズル・中山容訳）という一冊になっている歌の本を読めば、そのことがわかる。ぶあついその歌の本をひらくと、「歌としての詩」の世界の温度が親しく近く伝わってきて、レコードを聴きながら、その詩を追ってゆくと、歌を聴いているというより、歌とともに歩いている気分につつまれる。バサバサッと、耳もとに吹いてゆく風の音がする。そのとき言葉のむこうにひろがってくるのがディランの歌の世界なので、そうした耳で読み、目で聴く経験を通して、ディランの言葉の「上演」に立ち会っているという感覚が、こころにリアルにのこるのだ。

ディランからエンアクトメントとしての歌の契機を引くことはできない。ディランは一度書き言葉だけで『タランチュラ』という書簡体の特異な散文詩を書いて、うまくゆかなかったことがある。ディランは何よりもまず、その「歌としての詩」においてのみ、ボブ・ディランなのだ。ディランはじぶん自身に認めて言った。「ぼくはただ歌だけをやる。歌をうたう。それだけだ」。そして、それだけが、わたしにとって親しいディランだった。

歌は、いまではとりわけ斥けられている詩のスタイルだ。詩が手だれの暗喩と余韻にたよって歌としての詩をうしない、消費商品にすぎないだけの流行歌は、虚構の安心ばかりをうたって、詩としての歌を失くしてしまった。

とすれば、「歌をやる」というただそれだけで、ディランの歌が時代の趣味の否定という社会的な意味をおびざるをえなかったのは当然だったし、ディランについて語ろうとして、誰もがきまって、ディランの歌を問うなら、まずそうした時代の趣味に冒されたじぶんをこそ問わねばならぬ、という位置に立たされてしまうというのも、当然だった。

ボブ・ディランが誰か、ではないのだ。そうではなく、肝心なのは、「ついにディランはわれわれ一人一人がじぶんの指でじぶん自身を指さなくてはならないと言いはじめた」ことだと六〇年代に言ったのは、のちにラディカル・デモクラシーを掲げる政治学者となる若いダグラス・ラミスだった。音楽評論家のポール・ウィリアムズは、おなじことを別の言い方で言った。「ディランを理解することはじぶん自身を理解することだ」と。それは、ディランの歌が「明らかに自叙伝的であるがゆえに、人間の不完全さについての歌であり、その歌を聴く人びとに、じぶんを直視することをしいる歌」だからだ。伝記作者のアンソニー・スカデュトはそう言った。ラミスも、ウィリアムズも、スカデュトも、ディランを一人の同時代者としてもった一九六〇年代のアメリカの青年だ。六〇年代から七〇年代にかけては、そんなふうに歌について情熱を込めて語ることのできた季節だった。

「で、時は過ぎゆき、いまでは、みんながそれぞれに夢を見ているらしい。誰もが、他の人はいなくてじぶん一人で歩いている夢をみる。人びとの半分は、いつも幾分かは正しいかもしれない。またある人びとは、ときにまったく正しいかもしれない。だけど、すべてのひとが、いつもまったく正しいということはありえない。確かエイブラハム・リンカーンがそんなことを言った。もし、きみの夢にぼくがでてくるなら、ぼくの夢にもきみをださせよう」

そんなふうに語りかけることのできた同時代の一人の声。「ぼくはそう言った」と誰はばからず言いきれたのが、ディランだった。

じぶんをあらわすことがすなわち他者とともにあることであるような、エンアクトメントとしての歌。

詩人としてディランをとらえて本を書いた批評家のマイケル・グレイは、ディランの歌のうちに「プルフロックの恋歌」の詩人T・S・エリオットの影を認めたが、確かにディランには「さあゆこう、きみとぼく」とうたった若いエリオットの声が、どこかに重なって聴こえる。だが、私見ではそれ以上に、ディランの内部に息づいているのが、『家庭用説教集』の詩人ブレヒトであり、『マハゴニー市の興亡』の歌を書いたブレヒトだ。ディラン自身、「ブレヒトはすばらしい」と語ってきた。ディランの歌はブレヒトの詩の子どもたちの一人だと、わたしはずっとそう思っている。

ディランの歌は「今日まで見たこともない、そしていまからそこへ行くとわかっている以外には何の見覚えもない、あまりに広い土地」に、われわれを誘いだす。同時代のアメリカの作家ジョイス・キャロル・オーツは、ディランにささげた短篇に、そう書いたことがある。そうなのだ。ディランの歌が聴きたくなるのは、「いまからそこへ行くとわかっている以外には何の見覚えもない」ところにゆきたい、とそう思うときだ。街で聴きたい歌だ。

ディランの歌を聴きたくなったら、ときに、新宿のはずれにいった。バイク好きの男が一人でやっていたひっそりと煤《すす》けた店。深夜、ほかに客のいないちいさな木の椅子に座ると、「やあ」と言いかわすだけで、黙っていつもディランの歌を聴かせてくれた。ディランの歌に、誰よりじぶんの「生きるための必要」をもとめていた新宿のはずれの男は、しかしもういない。ある日、病いを得ると、あっという間に逝ってしまった。ディランの歌をこの世にのこしたままで。

ライク・ア・ローリング・ディラン

おなじ歌を繰りかえしうたう。けれども、二度とけっしておなじにうたわない。おなじ一つの歌が、うたいかえされるたびに、そっくりちがった歌になる。聴くたびに新しくなる。歌はおなじだ。おなじ歌だけれども、どれもがおよそちがった歌だ。ちがった歌であって、しかもおなじ一つの歌である。

ボブ・ディランの歌はそうした歌だ。繰りかえしをおそれない。どこかに希望といえる代物が手つかずにころがっているというわけではない。日々繰りかえしだ。繰りかえしをおそれて何ができるだろう。繰りかえしをちゃんとじぶんに引きうけることができるのでなければならない。新しい歌なんてものはない。歌は古い。夢も古い。古い歌を思いがけない仕方で、いま、ここにさらに新しくすること。古いしっかりした材木で新しい家をつくるようにだ。

ディランを歌の自由の荷い手として誰しもが認めたのが、一九六〇年代という時代だった。しかし、ほんとうの意味で、ディランの歌が以前にもましていっそう鋭く、いっそう自由になったのは、七〇年代になってからだ。とりわけ七〇年代半ばにローリング・サンダー・レヴューの名でおこなわれたツアーは、転機となったツアーだ。歌のまわりに混然とさまざまな音があつまってきて、自在な車座をつくった。そしてディランは、新しい歌をそれまで忘れられてきた古い歌のようにうたい、よく知られた歌を初めてうたう歌のようにうたった。

時代はけっしてよくなかったし、誰もが心臓をわるくしていた日々の、心臓病みのためのニトロの歌が、そのころのディランの歌だったと言えるかもしれない。やさしい劇薬。聴いたあとに、ふしぎに明るい感情がのこった。

ディランの歌は、ノスタルジアから遠い。失望や期待からはさらに遠い。引出しのなかに歌を探すような仕方で、ディランの歌を聴いたところで無駄なのだ。いまさらに何ができる何をはじめられるという無限問答よりも、手に必要なのは、一丁のカンナだ。カンナをかければ、カンナ屑《くず》ができる。

電動カンナをかかえる大工のように、ディランはギターをかかえている。電動カンナをかけてゆくときのような激しい音のなかに、ゆっくり歌がかたちをとってゆく。

コンサートは、ディランにとって、いわば音の作業場だったろう。古い材木をカンナで削る。古い材木のなかに新しい材木がある。

俳優で劇作家のサム・シェパードがつくった『ローリング・サンダー・ログブック』というニューヨークででた本に(のちに日本でも『ディランが街にやってきた』としてでた)、ディランのつくった「じぶん自身のためのリスト」がでている。

それはいかにもディランらしい希望リストなのだが、まず挙げているのは、ノコギリとハンマーだ。それからチーズ樽。糸ノコ。木挽台。そして、雨雲と稲妻。木材トラック。朝食。ティーカップ。

それから、ニジンスキイ。深い海。河。線路。危険と思考と魔法。星雲。苦痛。機械店。小麦作物。トラクターとトレイラー。ディキシーランド。メキシコ。砂漠の生活。演奏すること。

そうして、しんどい思いをすること。忘れないようにすること。めん棒。役に立つ部品。こころがつくりだすもの。身体がつくりだすもの。手のまめ。破れた背中。しっかりした手、etc。コンラッドの小説が好きである。町の図書館で読む。……

はじめて日本にくることになったとき、インタヴューをうけたディランが、日本で誰に会いたいかと訊ねられ、ぽつんと一言、答えて黙ったのを覚えている。

——マウンテン・ピープル。山の人。

呟きのようなその言葉が、ひどく印象的だった。それが誰のことを言ったのかわからないが、そう聞いてとっさにそのとき思いうかべたのは、この国の中世の山びとについて書かれた本のなかで出会った、たとえば次のような言葉だった。

「世に従へば、身、苦し。従はねば、狂せるに似たり」

古いふるい言葉だ。けれども、いまなお思いがけないほどに新しい言葉である。歌は、古い歌を思いがけない仕方で、いまここにさらに新しくしてゆけるのでなければならない。「寝れば寝るほどいっそう処女のようになってゆく純真な娼婦」のような奇妙な魅力が、ディランの歌にはいつもあった。そうしたディランの歌が、わたしはとても好きだった。

スカーレットのヴァイオリン

スカーレットのヴァイオリンは、ふしぎなヴァイオリンだ。スカーレットは、ヴァイオリンをギーコギーコと弾く。けっして澄んだ音を響かせたりしない。技巧をことさらにさらすこともしない。弓が弦にあたるはじめての音をあくまでも大切にする。もしもこころといえるものをつよく擦ったら、きっとおなじようなギーコギーコした音がするだろう。スカーレットのヴァイオリンは、そんなヴァイオリンだ。

スカーレット・リヴェラ。このふしぎなヴァイオリン弾きの名をはじめて知ったのは、ボブ・ディランのレコードでだった。『欲望』。新鮮なおどろきのいっぱい詰まった、七〇年代半ばにでた、ディランの疑いなく最良のレコードの一つ。ぶっきらぼうなやさしさと切実さが奇妙に混ざりあったディランの歌に、深い陰影をたたみこんだ無名のヴァイオリン弾きのイメージは、鮮やかだった。それがスカーレットのデビューだった。

スカーレットの名を決定的にしたのは、ディランのローリング・サンダー・レヴューとよばれた、いまでは伝説になっているコンサート・ツァーだ。『激しい雨』として日本でもＴＶで放映されたそのコンサートの印象は、並ならぬものだった。それは、時代はここまできたと深く感じさせずにはいなかった、熱狂につつまれたコンサートだった。

そのときディランの叫ぶような歌を、烈々と、みごとなヴァイオリンで追った美少女が、スカーレットだった。終始うつむいたまま、ミステリアスな雰囲気をただよわせた、長い黒い髪をした少女の表情が、いまでも目に熱くのこっている。

スカーレットとディランの出会いは、あたかも短篇小説のようだ。ニューヨーク、イースト・ヴィレッジ。暑い七月のある日。一人の少女が古びたヴァイオリン・ケースをかかえて、13番街を歩いていた。赤い車が走ってきて、停まった。車のなかの男が、少女をよびとめた。立ちどまってふりむいて、少女は誰がじぶんをよびとめたのか知った。ディランだった。そして、そのままスカーレットは、古びたヴァイオリン一つを胸に抱いて、新しい音楽の世界へ急ぐ、赤い車に乗りこんだのだった。

『欲望』のあと、スカーレットは、初めてのじぶんのレコードをつくる。『スカーレット・リヴェラ』。その一枚のレコードほどに魅惑にみちたレコードは、あまりないと思う。

黙って、聴く。すると、スカーレットのギーコギーコしたヴァイオリンの音のむこうに、明るい闇をわたってゆくジプシーや、魔女たちの幻が浮かんでくる。ほんとうは誰にもおしえたくなかった。スカーレットという魔法の名をもつヴァイオリン弾き。

スカーレットは、アダムの肋骨でつくった、古いヴァイオリンを弾く。

けれども、それっきりふっと姿を消してしまったスカーレットのヴァイオリンを、二度と耳にしたことはない。

向こう側へのドア

たくさんの木。いちめんの草。遠くのほうにちらっと青い海が見える。あたりは青々として、とても静かだ。足元には、柔らかで細やかな芝生。風が吹くたびに、緑の枝々がさわさわさわと鳴る。小さな花々が語りかけるように咲きこぼれている。日の光りのふりそそぐ展けた場所に、緑のテーブルがあって、午後のお茶の用意ができている。

テーブルの真ん中には、いい匂いのする木イチゴ・ジャムのケーキが山盛りだ。好きなだけ食べてかまわない。そして、真鍮の湯沸かしには、熱い香ばしいお茶。それから、皿一杯に、殻つきのみごとな貝。身をとりだせるように、ちゃんと金のようじが添えられてる。申しぶんなしだ。午後のお茶の時間は、まったくこうでなければならない。

しかもお茶の後のとっておきは、ちょっとどこにもない楽しみだ。

緑の茂みのむこうで、明るい音楽が鳴っている。

メリー・ゴーラウンドがぐるぐる廻っている。

じぶんたちのためだけのメリー・ゴーラウンドだ。

大好きな黒い馬に乗りたい。

メリー・ゴーラウンドはぐるぐる廻る。

光りが廻る。遠くが廻る。近くが廻る。世界がぜんぶ、ぐるぐる廻る。

そんなすばらしいお茶の時間を過ごしたかったら、どうすればいいか。

「あなたの街で、道に白いチョークで画かれた白いドアを見つければいいのです。そしたら、その白いドアを開けて、その向こうの世界へ入ってゆけばいいのです」。いつか風のなかで聞いた言葉だ。『風にのってきたメアリー・ポピンズ』（林容吉訳）のなかで聞いた、秘密の言葉だ。

白は、魔法の色だ。どんな夢でも見ることのできる色だ。その色のむこうには、向こう側へ通じる、道に白いチョークで画かれた白いドアさえ見つけられれば、どんな夢でも見ることのできるおとぎの国がある。

「知らないんですか？」と教えてくれたのが、風にのってきたメアリー・ポピンズだった。「誰にだって、じぶんだけのおとぎの国があるんですよ！」

サニーサイド・アップ

フライパンに油をひく。熱しておいて、卵を割って、静かに落とす。それだけである。簡単だ。工夫もいらない。誰にもつくれて、平凡で、ごくごくあたりまえにすぎなくて、それでいて……目玉焼きには、なんとも言えぬへんなおかしみがある。

たとえば、目玉焼きという言葉。いったい誰がそんな言葉を最初に考えだしたのか。白身のうえに黄身一つ。目玉焼きとは言いえて妙だけれども、よく考えると、なんとも奇抜で、なんとも怖くて、へんにおかしい言葉である。

食べ方も、そうだ。目玉焼きはどのように食べるのが、いったい正しいのか。まずまわりの白身から攻めていって、真ん中の黄身だけまるく正しくのこして、最後に楽しみをのこす。子どものころは、そうして食べるのが一番の楽しみだったのだ。大人になってそうしなくなって、とたんに目玉焼きが楽しめなくなった。真ん中をのこして攻めてこそ、やはり目玉焼きなのではあるまいか。そんなおかしな食べ方をいつになってもしたくなる、そんなへんな魅力が、目玉焼きにはある。

目玉焼きで思いあわすのは、ベット・ミドラーというおかしな歌い手だ。真ッ白なおおきな一枚のシーツをすっぽりかぶってステージにでてきて、へっちゃら。さっぱりとおよそ気どりがなくて、けたたましい笑い声をあげる。背はちんちくりん、髪はもじゃもじゃの赤毛、垂れ目で、口がでかい。しかし、似たようだったジャニス・ジョプリンとはちがって、根っから陽気だ。それでいて、歌がびっくりするほどすばらしくうまい。

その歌は、耳を傾けさせる。ジャニスの悲痛な死のあと、アメリカの時代の歌のステージに一人、暗がりから走りでてきて、誰もがずっと忘れていた笑顔をとりもどしてくれたのが、ベティちゃんの、ベット・ミドラーだった。

目玉焼きをサニーサイド・アップと、英語で言う。ベット・ミドラーの歌には、文字通りサニーサイド・アップの味があり、事実、そのライヴ・レコードにはいっている目玉焼きの話ほど、ベット・ミドラーの歌の奇妙な味を伝えるものはない。

古い歌をじっくりと歌いこんで聴かせたあと、ひょいと逆立ちしてみせて、それからベット・ミドラーが、とっておきの秘密を打ち明けるようにして話した、すっとんきょうな話。

「ある日、ニューヨークの42番街を歩いていたの。六月の暑い日だった。ニューヨークの暑さ、知ってるでしょ。私は東側を歩いていたの。すると、そのおかしな人が西側から歩いてきたんだわ。

彼女は白いすみれ模様のあるだぶだぶの部屋着を着ていたの。禿頭にちかいような人だったけど、その人、頭のてっぺん、額のうえのほうに目玉焼きをのせていたのよ。ちっぽけな目玉焼きを。信じられなかったわ。でも本当だった。

ああ、神さま。それからというもの、私は一日だってその人のことを思いださない日がなかったわ。私はじぶんに祈ったわ。朝がきても、目をさまさないですむようにって。たとえ目をさましても、頭に目玉焼きをのせたいなんて気が、私にけっして起きませんようにって。

それでも、どこからか目玉焼きが私の頭に飛んできたとしたら、(だってそういうことだってないとはいえないでしょ)、そうしたら誰も私の目玉焼きに気がつきませんようにって。けれども、不幸にして、もし誰かが気がついて、どうしても私の目玉焼きについて話したかったとしたなら、どうかその話は私に聞こえないところでしてくれるようにって。だって、聞きたくないもの、そんな話」

へんにおかしくてへんに悲しいこの目玉焼きの話が、へんに忘れられない。目玉焼き。誰にもつくれて、平凡で、ごくごくあたりまえにすぎなくて、それでいて……この「それでいて」というのが、目玉焼きのなんともいえない味なのだ。

ベット・ミドラーの歌は楽しい。楽しく、おもしろくて、やがて哀しい歌だ。その歌を聴くとまずニューヨークの目玉焼きの話を思いだし、いつもきまって考えこんでしまう。平凡であたりまえのわれらの日々が、それでいて、どれほど奇妙でおかしな真実を、ほんとうはとっておきの秘密のように匿していることか、と。

若葉の萌える色

草地には黄色い蒲公英《たんぽぽ》。庭にはライラックの紫の花。

「庭のむこうは、柔らかなクローヴァーの牧草地で、窪地へとなだらかに傾斜し、そして窪地には、小川が流れ、白樺の林になっていた。その下草には、すがすがしい匂いのする羊歯《しだ》や苔などの森の植物が、みずみずしく生いしげっているのだろう。そのむこうは、えぞ松ともみの丘で、羽毛のような新緑だ。木立の合間から、灰色の切妻屋根の小さな家がのぞいている」

季節の色に埋もれている物語を読むと、気分が弾む。あざやかな色に染められた本のページを通りぬけて、本のむこうの世界へはいってゆく。物語のそんな小道に誘われる本が、『赤毛のアン』（松本侑子訳）。とびきり気性のいい一人の少女の成長を親しく伝えて、世界の誰にも愛されてきた物語。その物語にはカナダ東部、セント・ローレンス湾の、プリンス・エドワード島の美しい村の、四季の光景がみちあふれている。

夏の日の匂い。秋の夕暮れ。きびしく澄んだ冬。けれども、なんといってもこころにのこるのは、物語の島にめぐりくる春を彩る、若葉の萌える色だ。

「そして、気づかないうちに、春になっていた。雪のふきだまりがまだ残っている痩せ地に、メイフラワーの桃色の芽がのぞきはじめ、森や谷には、緑にけぶる靄《もや》のように、若葉が萌えいでていた」

『赤毛のアン』は若葉の萌える色にはじまって、若葉の萌える色に終わる物語だ。どんな色もそれぞれに、それぞれの物語をもっている。若葉の萌える色には若葉の萌える季節の物語がある。沈んだ色は沈んだ物語を秘めている。ただその色であるというだけでなく、色そのものであるとともに、その色のもつ物語をみずから語りかけるのが、色だ。色はすなわち物語なのだ。色のもつ魅力は、その色がひとの感覚に語りかけてくる、その色のもつ物語の魅力だと思う。きれいな物語をもっているのが、きれいな色だ。

アライグマとブルーベリー

TVがはじめて日々に親しくなったころ、最高のヒーローだったのは、デーヴィー・クロケットだった。もともとは実在の人物。アメリカの歴史に名高いアラモ砦《とりで》の戦いに倒れた。だが、開拓者魂をつたえる伝説的なヒーローとしてTVによみがえって、涼しい目をしたデーヴィー・クロケットは、日本でもたいへんな人気をさらった。

デーヴィー・クロケットはいつも、後ろに尻尾《しっぽ》のついた素敵な帽子をかぶっていた。ふさふさとしたシマシマ模様のアライグマの尻尾のついた革の帽子だ。デーヴィー・クロケットの物語の後にのこったのは、いつかそんなにもみごとなシマシマ模様の尻尾をもつアライグマとともに暮らしたいというささやかな夢だ。だが、それも、『はるかなるわがラスカル』という物語を読んで、それはできないと知るまでだった。

スターリング・ノースの『はるかなるわがラスカル』（亀山龍樹訳）は、アライグマとともに暮らした少年の物語だ。深いきずなを覚えながら、赤ん坊のときから懸命に育てあげたアライグマのラスカルを、ある日少年は、森に、野生にかえさなければならなくなる。どこまでも野生をだれかまわずに、深々と生きる。それがアライグマの本性だからだ。

無垢な日々との別れに終わるその物語を読んだあとには、シマシマ尻尾のアライグマとともに暮らす夢は、いっぺんにどこかに吹き飛んでしまった。それはあくまでも人間の勝手にすぎない夢にすぎなかった。そうして、後にのこったのは、深いむらさき色のブルーベリーのひろがる静かな森の風景である。

夏休み。少年は森で野営して、アライグマのラスカルと一緒に過ごす。初めての「完全な自由」を思う存分に味わわせてくれるのが、陽あたりの斜面いっぱいに熟れているブルーベリーの実だ。少年はバケツ一杯に実をあつめるが、「あんまりおいしいので」その場で、三分の一食べてしまう。だが、ラスカルはもっとすごい。摘むそばから、一粒のこらず食べていってしまう。

「完全な自由」の色は、深いむらさき色した、野生のブルーベリーの色をしている。そして「完全な自由」の味は、おどろくほどおいしい。そうであって、「完全な自由」の味は、どこか悲しみの味をひそめている。

少年よ、森へゆこう。よびかける声を耳の底にとどめて、あれからずっと、野生のブルーベリーのひろがる森の奥へいつかゆく少年の夢をもちつづけて、いまだ果たせない。

日々を輝かすもの

世界でもっとも魅力的な豚を知っているだろうか。世界でもっとも魅力的な豚の物語は、一度読んだら、きっと忘れられなくなるだろう物語の一つだ。

豚の名は、ウィルバー。アメリカの中西部の農場生まれだ。生まれたとき小さくて弱くてそだたないといわれた赤ん坊の豚を、農場の少女が父親に頼みこんで、じぶんでそだてようと心に決める。少女は八歳だ。

少女のために、父親が厚紙の箱にいれてくれた豚の赤ん坊。「なかをのぞくと、生まれたばかりの豚の赤ちゃんが少女の顔を見あげるようにしていました。白い豚でした。部屋の向こう側から差しこんでくる朝日が透きとおって、小さな耳はつやつやときれいなピンク色でした」。

うつくしいやわらかなピンク色がいとおしい生命の色の象徴として、少女の目にうつるその印象的な場面から、楽しい物語がはじまる。

E・B・ホワイトの『シャーロットのおくりもの』（鈴木哲子訳）は、もっともひろく愛されてきた二十世紀の子どもの本の一冊に算えることができるだろう。少女と豚のウィルバーの友情を見まもるのが、世界でもっとも賢いクモのシャーロットだ。子豚を立派な豚にそだててゆく日々をとおして、少女はやがて、人間とともに生きている動物たちの言葉を理解するようになる。

そして少女によって、周りの大人たちも、もし人間がお喋りをすくなくしたら、動物たちはもっと話すようになるだろうということを、やがて知るようになる。今日、人間は喋りすぎているのだ。

豚のウィルバーは少女の手で、みごとな「輝かしい」と評判のすばらしい豚に育ってゆく。ウィルバーの輝かしさの秘密は、クリーム色のバタミルクで洗ってもらうことだ。

「ウィルバーはじっと目をつぶって立っていました。すっかり洗い終わって、ふいて、かわかしたときには、ウィルバーは見たこともないほど清潔で、きれいな豚になりました。真っ白で、ただ耳と鼻のまわりだけがピンク色で、毛並みは絹糸のようになめらかでした」

物語のよしあしを決めるのは、物語のもつ色だと思う。ひとの心の奥を輝かすような物語のなかには、時間が透きとおってくるような色がある。いい物語には、日々を輝かす色がある。愛しいとしか言えないような色がある。

黄色い薔薇

黄色は一つの色ではない。星の数ほどさまざまな色が黄色にはあって、その一つ一つがぜんぶちがう。

さまざまにちがう黄色の一つ一つが、さまざまにちがうニュアンスをもち、それぞれにちがった表情を見せる。清楚な黄色があり、妖艶な黄色がある。悲しみの黄色があり、悦びの黄色がある。猛々しい黄色があり、寡黙な黄色がある。

黄色ほど物語の似合う色はないと思う。何でもない日常のなかに、黄色をおく。そこに黄色を一つおけば、それだけできっと、一つの物語が生まれる。

物語をもつ歌がそうだ。物語をもつ歌は、しばしば黄色の物語をもっている。たとえば、黄色いリボン。あるいは、幸福の黄色いハンカチ。しかし、もっとも印象的な歌を一つだけあげるなら、黄色い薔薇《ばら》の歌だ。テキサスの黄色い薔薇。

テキサスには、黄色い薔薇がある。その花を見るには、土埃《つちぼこり》のたつ道をずっと旅して、雨のなかで眠らなければならない。いまきみは故郷の町にもどろうとしている。故郷の町には、きみの黄色い薔薇がある。――

黄色い薔薇は砂漠の花で、春に咲く金色の花だ。故郷の町には、彼女がいる。彼女がきみの黄色い薔薇だ。テキサスには黄色い薔薇がある。こんどこそもうどこにもゆかないと、きみは彼女に言うつもりだ。真実はどこかよそにあるものでなく、自分の内側に感じるものなのだということを、いまのきみは知っているからだ。――

黄色という色は、ふしぎな色だ。どんな黄色が好きかというただそれだけで、そのひとがじぶんの内側に感じている真実というものを、思わず語ってしまう。黄色という色が、なにより明るい日の光りを想わせるような色であるからかもしれない。そしてまた、なにより夜の家々の灯りを想わせるような色であるからかもしれない。

テキサスの黄色い薔薇の歌におそわった秘密。故郷というのは、黄色い薔薇の色をしているということ。

孤独の贈りもの

さまざまな色彩、微妙なニュアンスにみちみちた音の世界の物語を、黒と白、たった二つの色しかもたない鍵盤がつくりだす不思議。

しかも、何もないところから音をつむぎだす黒と白だけの鍵盤楽器以上に、言いがたいひとのこころの秘密をよく語るものはない不思議。

ひときわ懐かしく、親しみぶかく、どんなに陽気にもなれるけれども、最後にきっと憂愁ののこる鍵盤楽器が、胸に抱くアコーディオンだ。

夏の終わり。ちいさな島から、みんなが帰ってゆく。最後のフェリーが夏の最後の避暑客たちを運んでゆくのを見送って、埠頭で、島の住人たちが、別れの音楽を演奏する。

一人はアコーディオンを弾き、一人はヴァイオリン。もう一人はサキソフォン。

そして、年寄りがバグパイプ。ただし、年寄りがだせる音は、たったの三つだけだ。

長調の音が一つと、短調の音が一つと、なんだかわからない半音ずれた音が一つ。

「さようなら」「さようなら」

最後に、フェリーに自転車が乗りこむと、ゲートが鋭い音をたてて閉まり、アコーディオンが新しい曲を奏ではじめる。

「何ていう曲？」

「アメイジング・グレイスだよ」

フェリーが、防波堤まですすんで、汽笛を鳴らす。淡く澄みわたった空を、雲が低く飛んでゆく。やがて、すべてが、しーんと静まりかえる。島の連中がそれぞれの愛する楽器を蔵う。港には、もう誰もいない。夏が終わったのだ。

アコーディオンがつくりだす物語の風景としてあざやかに胸にのこる、アメリカの子どもの本の作家パトリシア・マクラクランの胸うつ物語、『潮風のおくりもの』（掛川恭子訳）にえがかれる、夏が終わる日の、ちいさな島の港の光景。

胸に抱いた黒と白の鍵盤でできた楽器の奏でる、去ってゆく夏を告げる「アメイジング・グレイス」。……

夏の日の光りが去ると、秋のすぐむこうにあるのは、長くきびしく孤独な冬だ。

その冬、物語の少女は詩を読むことを知って、言葉のちからを知る。冬の孤独が少女に、詩の読み方をおしえてくれたのだ。

言葉はアコーディオンとおなじだ。黒と白の鍵盤でできているアコーディオンとおなじに、言葉は黒（文字）と白（紙）でできている。胸に抱いて、何もないところから、こころにのこるものをつむぎだすのも、おなじだ。

冬の孤独は言った。「詩には、この世のなかのあらゆるものがつめこまれています。わたしたちがしなくてはならないのは、よく見て、よく耳をすますことです。読んでいるあいだじゅうずっと」。

われらをめぐる青

一つの色が、ただ一つの色しかもっていないと考えるのは、間違いだ。

海の色は、青。けれども、海の青は青であって、ただ一つの色ではなく、実にさまざまな色、複雑な色、多様な色をしている。透きとおってゆく青。白のような青。漆黒にちかい青。まるで緑のような青。蒼ざめた青。真っ赤な夕陽のなかの青。きらきらと銀のような青。金箔のような青。

それから、入江の色。渚の色。沖にでれば、海の色は群青。深くなればなるほど、深くなってゆく青。そして、断崖から見る、波嚙む海の青。静かな朝、目覚めたばかりの海にひろがってゆく光り。あるいは、灰色の雨に煙る海。一人で眺める海の色。二人で眺める海の色。芽吹きの頃の海。

海の青さに、こころを染めたいときがある。「海を見にゆく」という言い方が好きだ。海の色を見に、海にゆく。

そしてまた、海の色は、海の匂いでもある。海の青さは、海の匂いをもった色なのだ。匂いにはふしぎな力がある。遠い日の思い出を誘いだす、ふしぎな力がある。

「引き潮のとき、海辺におりてゆくと、胸いっぱいに海辺の空気を吸いこむことができます。いろいろな匂いが混じりあった海辺の空気につつまれていると、海藻や魚、おかしなかたちやふしぎな習性をもつ海の生き物たち、規則正しく満ち干を繰りかえす潮、そして干潟の泥や岩の上の潮の結晶などが、驚くほど鮮明に思いだされるのです」

『われらをめぐる海』という素敵な本を書いた海洋生物学者のレイチェル・カーソンが、子どもたちへの贈りものとして遺した、小さなうつくしい本がある。『センス・オブ・ワンダー』(上遠恵子訳)。海辺にくると、とわれらの海洋学者は誌している。「海の匂いをおおきく吸いこんだ途端に、楽しかった思い出が迸《ほとばし》るようによみがえってきます。わたしにとって海は、いつもそうだったのです」。

夏の海。秋の海。冬の海。春の海。海の青さにこころを染めたことがあれば、誰もそうにちがいない。失くしたくない思い出の色は、きっと、海の色、海の青をしている。

おぼえがき

孤独はいまは、むしろのぞましくないもののようにとらえられやすい。けれども、孤独がもっていたのは、本来はもっとずっと生き生きと積極的な意味だった。そのことを思いださせるのは、ウォールデン湖のほとりの森に独り暮らして、『森の生活』を著した北米十九世紀の詩人思想家のヘンリー・デイヴィッド・ソローの遺した言葉だ。

この世の在り方の問題をみずから率直なものにするのが孤独。ソローは日記にそう誌している。ソローにとって、そのような明るい孤独をくれるものだったのは、散歩だった。日々の付きあい、なりわいの外にある、岩や樹や草や雪でできた自然の孤独と静けさのなかへ、みずから入ってゆくことを、ソローは散歩（Walk）とよんだ。『私の好きな孤独』は、ウォールデンのソローの後姿を絶えず想い起こしながら、ただしソローとは逆に、日々の付きあい、なりわいの内にひそむ明るい孤独と静けさのなかへみずから入ってゆく、エッセー＝散歩（Walk）の書として書かれた。

『私の好きな孤独』が、こうして今日、緑陰の書としてあたらしい版で出ることをよろこぶ。心を遣われた潮出版社編集局出版部阿部博さんに感謝する。

（二〇一三年春）

【解説】

耕す人、爽やかな倫理

大井浩一

長田弘は不思議な詩人である。一九三九年の生まれ。世代的には「六〇年代詩人」と呼ばれる一群の詩人たちと同じだが、雰囲気が少し違う。

一つ上の世代に当たる大岡信《まこと》は「昭和詩史」(一九九〇年、『昭和文学全集三五』)で、六〇年代詩人と「同年輩でも単独の詩的営みを築いていた人々」の一人に長田を挙げている。六〇年代詩人の主力は、詩誌「ドラムカン」の岡田隆彦や吉増剛造《よしますごうぞう》、「凶区《きょうく》」の鈴木志郎康《しろうやす》や天沢退二郎《あまざわたいじろう》といった人々で、彼らは「安保闘争から大学闘争にいたる」「時代の空気をたっぷり呼吸していた」。その空気とは、小劇場運動やポップ・アート、モダン・ジャズなどに象徴される「一種狂躁的なまでの活気、そこからくる自由な発想と個人的実験意欲へのうながし」である。

確かに長田の詩は、六〇年代詩人の作品がもつ強烈なイメージや疾走感、尖鋭《せんえい》な実験性といったものと一線を画しているように見える。同じ空気を吸ったはずなのに、素朴な、誰にでもわかる言葉を使い、それらを一つ一つ丁寧に、慈《いつく》しむように並べていく。

だから彼の詩は、急いで読むことはできない。誰の詩も読むときは日常の時間の流れを一瞬止め、呼吸を整えてから読むのが良いが、長田の詩はさらに一つ、テンポを落として読まなければならない。

そこに、きらびやかな言葉の奔流やほとばしる激情、アクロバティックな目覚ましい驚きを求めてもおそらくは無駄だ。しかし、静かなたたずまいの言葉たちの連なりの中に、この社会と世界が直面する葛藤《かっとう》や混沌《こんとん》、にもかかわらず見失ってはならない人間の生のあるべき姿に関する洞察が刻みこまれている。

言葉の深度がとてつもなく深いのだ。

そしてまた、長田におけるエッセーと詩は非常に近い場所にある。詩集『記憶のつくり方』(一九九八年)のあとがきには、「詩とされるなら、これは詩であり、エッセーとされるなら、これはエッセーである」と記している。

『私の好きな孤独』という書名は実にこの人らしいと思えるけれど、本書の成り立ちはやや複雑な経緯をたどっている。まず、一九八四年出版のエッセー集『風のある生活』(講談社)があり、ここから選んだ六八編に、新たな一一編を加え、「一からすべてあらためて、まったく新たに、定本として編纂《へんさん》された」最初の『私の好きな孤独』が九九年に潮出版社から刊行された(同書)。これが好評を得て、二〇一三年に出た新装版が本書の元になっている。

長田弘のキーワードを三つ挙げるとするなら、樹と旅と本ではないか。

実際には、この詩人は本の森から出発し、海外への旅を経て、やがて樹という思想を感得するに至ったという順番が近いだろうが、本と旅と樹――それらはみな彼に言葉をもたらしてくれるものであった。

本書はまさに「言葉の樹」という文から始まる。ここでの樹は、「樹」という一語を記すことによって詩人の内部に芽生え、育っていく「幻《まぼろし》のよう」な一つのイメージである。作者はこう書いている。

どんな園芸家も、見えないこの「樹」をそだてることはできない。どんな都市計画も、見えないこの「樹」を伐り倒すことはできない。この「樹」は言葉なのだから、この自由の木の根を涸らしさえしなければ、心に影なすこの「樹」がくれる大切なものを失うことは、きっとないだろう。

一見、他から孤立してある一人のさびしげな姿が浮かぶかもしれない。しかし、この樹は「自由の木の根」によって大地とつながり、大地をうるおす水とつながっている。

作者の「おぼえがき」にあるように、本書は米国の森に独居した詩人・思想家、ヘンリー・デイヴィッド・ソローの名著『森の生活』（原題はWalden）からインスピレーションを受けている。本書の一編「親しく思いだす人」にもソローへの傾倒がうかがわれるが、「ソローとは逆に、日々の付きあい、なりわいの内にひそむ明るい孤独と静けさのなかへみずから入ってゆく、エッセー＝散歩（Walk）の書として書かれた」という点に注意したい。

また、長田にはエッセー集『私の二十世紀書店』（一九八二年。定本版九九年）があり、詩集に『世界は一冊の本』（九四年。定本版二〇一〇年）や『幸いなるかな本を読む人』（〇八年）がある。詩人にとっては生きる世界そのものが本として、生きられた時代がその集積としての書店としてとらえられた。

これは比喩《ひゆ》というより、彼の認識がまず古今東西の本を読むことを通じて形づくられた経験からくる実感であったと思われる。そして、その認識はアメリカやヨーロッパの各地を旅することを通じて、じかに確かめられずにはいなかった。本書でも、さまざまな土地を訪れて得た体験が文学者らにまつわる挿話とともに語られる文章を、多く読むことができる。

例えばポーランドの古都クラクフにある、石畳の道に面した古いカフェの想い出をつづる「ほんのちょっとした隠れ家」。入口には「古い仮面劇の仮面が二つ」掲げてあるだけだ。詩人は店の「不揃いの古い座り心地のいい椅子」とともに、苦難にみちたポーランドの歴史を思う。その一節。

百年まえ、流刑地帰りの父とこの街に暮らしていた少年のジョゼフ・コンラッドは、このコーヒー屋のまえの道を、毎日うつむいて、学校に通った。五十年前には、のちにスターリンの粛清にあってシベリアで死ぬ若いブルーノ・ヤセンスキイが、大声をはりあげて、詩を読んだ。

『闇の奥』『ロード・ジム』の作家、コンラッドがわかっても、旧ソ連の作家・詩人、ヤセンスキイを知らない人は多いだろう。筆者もそうである。だが、長田のエッセーを読むのに知識の有無はあまり意味をもたない。ここでは百年のうちに二度、国を失ったポーランドの人々に向ける詩人のまなざし、その体温が受けとめられたならばそれでいい。

異国に限らず、この詩人はカフェで一人すごす時間をとても大切にしている。「空飛ぶ猫の店」は、こう始まる。

気持ちのいい沈黙があれば、それだけでいいのだ。たとえ音楽が流れていても、いい音楽であれば、あとにきれいな無がのこる。気に入った街のコーヒー屋では、黙って、コーヒーを飲む。

レイモン・クノー『地下鉄のザジ』、フォークナー『魔法の木』などいくつもの物語がここでも引かれる。「空飛ぶ猫をラベルにしたおおきなマッチのあるコーヒー屋」も出てくる。

こうしたエッセーを、例えば『記憶のつくり方』の一編「ルクセンブルクのコーヒー茶碗」と比べてみよう。ここでも詩人は、さしたる目的も予定もなく「ちがった街へゆく」。そして「何よりいいコーヒー屋を見つける」。そんな一軒が「ルクセンブルク製のコーヒー茶碗に、熱いコーヒーを淹《い》れてくれる」遠い街の店である。携えていくのは『老子』。その一節を読みながら、呟《つぶや》くような次の言葉でこの散文詩は閉じられる。

……ちがった街では誰に会うこともない。忘れていた一人の自分と出会うだけだ。

その街へゆくときは一人だった。けれども、その街からは、一人の自分と道づれで帰ってくる。

この人が作品に盛る生活思想、あるいは生き方の態度は、詩とエッセーで違わないと確認できる。詩人にとって孤独や沈黙は悲しいものでもさびしいものでもない。むしろ孤独や沈黙のなかにこそ豊かな出会いがあり、時間や空間を超えた対話がある。孤独であることの勁《つよ》さ、という言葉も浮かぶ。

そのような長田弘の思想と態度は、現代の詩のありように対する姿勢と別のものではない。東西のさまざまな文学作品からの自在な引用（自らの翻訳を含む）は、彼にとっての重要な方法だったが、七五歳で逝去する直前に刊行された『長田弘全詩集』（二〇一五年）の巻末に、自身によると思われるこういう記述がある。

詩人は言葉の製作者ではなく、言葉の演奏家である。詩法の主要な一つは引用、それも自由な引用であり、変奏、変型、即興であることが少なくない（以下略）。

ここには、ひたすら新奇な表現、オリジナルの創作物を追い求めつづけた近代以降の詩に対する、この詩人の粘り強い反抗の姿勢が見て取れる。

青春を過ごした一九六〇年代の日本を、二〇年代のアメリカになぞらえて「わたしたちにとってのジャズ・エイジ」と呼ぶ詩人にポピュラーな音楽は親しいものだが、「盲目の歌うたい」を思わせるというドイツやカナダの吟遊詩人的な人々に触れた本書の「人生はおもしろいか」で彼は書いている。

路上の歌をうたう詩人たちの歌には、何にも比すべきものがない魅力がある。耳を純潔にし、肺臓をきれいにし、口臭をぬぐいとってくれるような言葉が、そこから聴こえる。

いまはこむらがえりした言葉が多すぎるのだ。こむらがえりにやられたら、まず二本足でじっと立ってみることが肝心だ。言葉がこむらがえりしたきりの時代のどこかに二本の足でじっと立つ、「盲目の歌うたい」の詩人たちがいる。そう考えるとはげまされる。

おそらく「こむらがえりした言葉」とは、混迷し、読者を置き去りにしたともいえる多分に独善的な現代詩の尖端の試みを指しているだろう。

モーツァルトへのオマージュ（讃える言葉）をかみしめる「モーツァルトのように」では、より広く現代社会に飛び交う言葉への厳しい批判も、しかしあくまで穏やかに語られる。


……最良のオマージュは、絶えず最良の批評を、内部に誘いこんでゆくのだ。

しかし、言葉のありようが宣伝の言葉に先んじられてしまっているような今、一編のうつくしいオマージュに出会うことなど、およそ一つの僥倖のようになってしまった。

消費のために、気のきいた言葉をならべることや美々しい言葉をふるまうこととはちがう。オマージュは、ある意味で、わたしたちが手にしうる一つの幸福とよべるものを証しうるような言葉なのだ。


敬愛したボブ・ディランの歌に「全肉体が係わる上演」（エンアクトメント）としての詩の発現を見る「生きるための必要」の一節には、詩の陥った難所に関する作者の思いがよく表れている。

歌は、いまではとりわけ斥けられている詩のスタイルだ。詩が手だれの暗喩《あんゆ》と余韻にたよって歌としての詩をうしない、消費商品にすぎないだけの流行歌は、虚構の安心ばかりをうたって、詩としての歌を失くしてしまった。

結局、長田弘という詩人は簡素で平易な、けれども凝縮された奥行きの深い言葉で、現代を生きる私たちが見失いがちな、ある大切な「歌いかた」を示そうとしたのだろう。その歌いかたが彼にとって願わしい生きかたの形をもまっすぐ指し示していたことを、本書のそこここにちりばめられた箴言《しんげん》を思わせる文からうかがい知ることができる。

必要なのは亢揚《こうよう》した言葉や大それた夢によって生きるということなのではない。不作法なまでにじぶんであること、ただそれだけなのだ。

（「ノンセンスの贈りもの」）

ひと言でいえば、長田の作品には爽やかな倫理がある。モラルというほうが適切かもしれない。この場合のモラルは、なすべきこと、あるべき態度を自らの内面の声（のみ）にしたがって決定する作法だ。彼は一般に見られているような抒情詩人というより、すぐれて思想詩人なのだと思う。

晩年の詩人に筆者は三度ほど会っている。『奇跡―ミラクル―』（二〇一三年）により第五五回毎日芸術賞を受賞した際のことだ。福島市出身の彼が東日本大震災と原発事故を挟んだ前後に書いた三〇編を収めた、生前最後の単行詩集である。自身の病とも重なったが、作品は静かさにみち、底に沈められた悲しみと怒りが読む者に沁みいるように響いた。

二〇一四年一月の授賞式のあいさつで長田はこう述べた。

……詩を書くことは、季節が息づく日々の風景を読む農業の仕事と同じと言ってもいいのかもしれません。古来、詩人というのは、霞《かすみ》を食べて感受性の畑を耕すことをなりわいとする、言葉の農夫だからです。

一人の心のアルマナック（暦）を記した一冊の詩集によって、この賞を受けることをうれしく思います。

（「毎日新聞」二〇一四年一月三十日朝刊）

「言葉の農夫」とは耕す人である。彼が耕すのは「感受性の畑」であり、すなわち言葉で人々の心を耕し、生命を耕す。そこにはきっと一人一人それぞれの「樹」が育つだろう。

なぜなら、詩人が耕す大地には「自由の木の根」が張りめぐらされるから。それは打ちつづくいかなる厄災のさなかにあっても枯れることなく、たくましく互いに結び合うと信じられるから。

（おおい・こういち　ジャーナリスト、評論家）

長田 弘（おさだ・ひろし）
詩人。1939年福島市に生まれる。63年早稲田大学第一文学部卒業。65年、詩集『われら新鮮な旅人』でデビュー。82年『私の二十世紀書店』で毎日出版文化賞、98年『記憶のつくり方』で桑原武夫学芸賞、2000年『森の絵本』で講談社出版文化賞、09年『幸いなるかな本を読む人』で詩歌文学館賞、10年『世界はうつくしいと』で三好達治賞、14年『奇跡―ミラクル―』で毎日芸術賞受賞。18冊の詩集を収めた『長田弘全詩集』『最後の詩集』。エッセーに『アメリカの心の歌』『ことばの果実』『アメリカの61の風景』『知恵の悲しみの時代』『読むことは旅をすること　私の20世紀読書紀行』『なつかしい時間』『本に語らせよ』など。ほか絵本、翻訳など著書多数。2015年5月永眠。

私の好きな孤独

潮文庫　お－2

2022年　4月20日　初版発行
2024年　4月11日　3刷発行

著　者　長田　弘
発行者　南　晋三
発行所　株式会社潮出版社
〒102-8110
東京都千代田区一番町6　一番町SQUARE
電　話　03-3230-0781（編集）
03-3230-0741（営業）
振替口座　00150-5-61090
印刷・製本　明和印刷株式会社
デザイン　多田和博

©Hiroshi Osada 2022,Printed in Japan
ISBN978-4-267-02340-8 C0195

乱丁・落丁本は小社負担にてお取り換えいたします。

本書の全部または一部のコピー、電子データ化等の無断複製は著作権法上の例外を除き、禁じられています。

代行業者等の第三者に依頼して本書の電子的複製を行うことは、個人・家庭内等の使用目的であっても著作権法違反です。

定価はカバーに表示してあります。